忠義

武家小説傑作選

青山文平　朝井まかて
浅田次郎　宇江佐真理　上田秀人
末國善己＝編

角川文庫
24587

目次

小納戸の章

上田　秀人

上田秀人（うえだ・ひでと）
１９５９年大阪府生まれ。歯科医師。97年に小説ＣＬＵＢ新人賞佳作に入選しデビュー。２０１０年『孤闘　立花宗茂』で中山義秀文学賞、14年「奥右筆秘帳」シリーズで歴史時代作家クラブ賞シリーズ賞、22年「百万石の留守居役」シリーズで吉川英治文庫賞を受賞。その他のシリーズに「禁裏付雅帳」、「闕所物奉行　裏帳合」、「御広敷用人　大奥記録」、「町奉行内与力奮闘記」、「表御番医師診療禄」、「高家表裏譚」などがある。

小さな音を立てて、土圭《とけい》が、明け六つ（午前六時ごろ）を示した。

「ご同役」

「うむ」

二人の旗本が顔を見合わせてうなずいた。

「刻限でございまする」

最初の声を出した旗本が、襖《ふすま》を開けて宣した。

「…………」

無言で土圭の間前の畳廊下、入り側で控えていた小姓番が立ちあがり、御座の間三の間へと向かった。

「もはや」

小姓番が、三の間で寝ずの番をしていた別の小姓に告げた。

「…………」

一度頭《こうべ》を垂れた寝ずの番の小姓が、背筋を伸ばした。

「もおおおおおお」

寝ずの番の小姓が妙な声を出した。

「……もおおおおお」

続けて二の間でも同じ声がし、

「もおおおおおおおおお」

最後に長く次の間で繰り返された。

「……もう、朝か」

御座の間上段の間で夜具にくるまっていた五代将軍綱吉《つなよし》が、眠そうな目を開いた。

「お掃除始めさせていただきまする」

上段の間と下段の間には、一段の差がある。その段差際で控えていた小納戸頭《こなんどがしら》柳沢保明《やなぎさわやすあきら》が、手を突いた。

「始めよ」

「はっ」

「承知つかまつった」

下段の間に控えていた小納戸たちが、箒《ほうき》、はたきなどを手に持ち、小腰を屈《かが》めた姿勢で上段の間へと足を踏み入れた。

「…………」

綱吉がまだ横になっているのもかまわず、小納戸たちが掃除をおこなう。枕元を箒で掃かれた綱吉が顔をしかめるが、誰も気には留めない。

これは将軍は武家の統領であり、常在戦場を体現する立場だという形式に基づいている。起床の時間だと報《しら》された以上、将軍はすでに目覚めているのだ。起きているならば、周囲を掃除されても埃《ほこり》が顔にかかることはない。

「公方《くぼう》さま」

柳沢保明が、綱吉にもう一度声をかけた。

「ふん」

鼻を鳴らして、のろのろと綱吉が身体を起こした。

「お漱《すす》ぎを用意いたせ」

「はっ」

掃除とは別の小納戸が、すでに用意してあった黒漆塗りの手桶《ておけ》に水と湯を合わせたものを入れた片口と白絹の布を入れて、しずしずと綱吉のもとへ運んだ。

その後に長崎《ながさき》交易で清国《しんこく》から贈られた小さな段通を手にした小納戸が続いた。

「ご無礼をつかまつりまする」

まず夜具の上に起きあがった綱吉の右手に段通が敷かれた。

「お漱ぎでございまする」

段通の上に手桶と白絹の顔拭《かおふ》きが置かれた。

「房楊枝《ふさようじ》をお使いあそばしますよう」

三人目の小納戸が、頭を垂れた姿勢で、奉書紙に挟みこまれた黒柳製の房楊枝を捧《ささ》げた。

「うむ」

綱吉が奉書紙ごと房楊枝を摑《つか》んだ。

房楊枝は木の枝の先を砕いたもので、細かくなった部分に塩や砂を付けて歯を磨く。

「うん」

なんどか房楊枝で歯をこすった綱吉が、右手をのばした。

「はっ」

「…………」

最初の小納戸が会津《あいづ》塗りの片口を差し出した。

「…………」

片口に唇をつけた綱吉が口を漱ぎ、差し出された黒漆塗りの手桶に水を吐いた。

「もうよい」

白絹で口のまわりを拭いた綱吉が、房楊枝を手桶へと捨てた。

「御膳《ごぜん》を」

柳沢保明が間髪を容《い》れず、次の指示を出した。

将軍の食事は、中奥の台所で調理され、御座の間近くにある囲炉裏の間へ運ばれ、小納戸の二人によって毒味される。そののち、汁物などは囲炉裏の間に設けられている囲炉裏で温めなおされて、綱吉の前に供される。

「公方さま、お渡り」

柳沢保明の合図で小姓番が御座の間の周囲を警衛、綱吉は御座の間を出て入り側一つ離れた小座敷へと移り、朝餉《あさげ》を摂《と》る。

将軍の朝餉は決まっていた。

膳の上には飯、潮汁《うしおじる》と菜の煮物、そして四匹の鱚《きす》を焼いたものがのっていた。

鱚は魚偏に喜ぶと書く。めでたい魚だとして、毎朝日本橋《にほんばし》の魚河岸から二十本献上される。それを二本ずつ、塩焼きと醬油《しょうゆ》の付け焼きにして将軍と御台所《みだいどころ》の膳に出された。

「…………」

いかに将軍とて、毎日同じものの繰り返しではあきる。しかし、それを口にしてはならなかった。

「あきた」

「まずい」

この二言を綱吉が口にするだけで、台所役人の首が飛ぶ。

「公方さま、今宵《こよい》のお食事にお好みはございましょうや」

綱吉が眉《まゆ》をひそめたのを見た柳沢保明が先手を打った。

将軍とて食べたいものはある。魚が好きな将軍もいれば、野菜嫌いもいる。

「雉《きじ》を出すように」

綱吉が食べたいものを口に出した。

「焼きましょうや、それとも吸い物に」

「味噌《みそ》で焼くよう」

「承知いたしましてございまする。御膳番、公方さまのご意向を台所へ伝えよ」

材料と調理方法を訊《き》きだした柳沢保明が、御膳番の小納戸へ命じた。

「はっ」

台所役人と接触するのは御膳番の仕事である。一人の御膳番が、御広敷《おひろしき》台所へと早足で向かった。

「もうよい」

半分近く残して綱吉が朝餉を終えた。

「畏《おそ》れ入りまする。御脈を拝見」

朝餉の直後に当番の奥医師による診察がおこなわれた。

当初、貴人に直接触れるのは無礼であるとの考えから、将軍の手首に結びつけた黒い絹糸を隣室から引っ張ったり緩めたりして脈をはかっていたが、まったくの無駄であると廃止されていた。

現在は薄い絹の布を綱吉の手首に巻き付け、その上から脈を取る形になっている。

「御脈頂戴《ちょうだい》いたしましてございまする」

奥医師が一礼した。

「お口をあけていただきますよう」

綱吉が白湯《さゆ》を喫し終わるのを待っていた奥医師が、診察を再開した。

「舌を拝見つかまつりまする」

奥医師が綱吉の口を覗《のぞ》きこんだ。

「お色、艶《つや》よろし。荒れもなく、ご良好と存じあげまする」

診終わった奥医師が海老《えび》のように後ずさった。

「うむ」

健康状態に問題ないと知らされた綱吉が満足そうにうなずいた。

「お戻りを願いまする」

柳沢保明が綱吉に御座の間へ帰るように願った。

「……御膳番、奥医師」

「ただちに」

御膳番が、綱吉の食べ残した飯、汁、おかずをそれぞれ秤《はかり》に掛け、重さを量った。

「…………」

その目盛りを奥医師が記載していく。

「いかがであるか」

結果を柳沢保明が問うた。

「昨日とほぼ同じで、お変わりないようでございまする」

奥医師が報告した。

「のちほど、ご便を拝見いたさねば、確実とまでは申せませぬが、お身体に障りはないかと」

「まことであるか」

「奥医師の診断をお疑いになるか」

じっこく確認した柳沢保明に、奥医師が気色《けしき》ばんだ。

「そういうわけではない。しかし、公方さまのご調子が天下を揺るがし兼ねぬのだ。念には念を押すのが当たり前であろう」

柳沢保明は詫《わ》びなかった。

「……失礼いたす」

不満そうな顔で奥医師が、小座敷を出ていった。

「柳沢さま」

その場に残っていた御膳番の小納戸が気遣わしげな声を出した。

奥医師は将軍とその家族を診る。身分としては小納戸頭よりも低いが、直接将軍と会話を交わせる。

「あの小納戸頭どのは、いつも我らの診立てに口出しをなさる。公方さまの大切なお身体を慎重に拝見しているときに、他から割りこまれては、なにかと集中もできませず」

こう奥医師が将軍へ愚痴るだけで、お役御免になりかねない。配下の危惧《きぐ》は妥当なものであった。

「不思議だとは思わぬか」

「なにがでございましょう」

不意に問いかけられた御膳番が戸惑った。

「奥医師は公方さまをお健やかだという。さらに公方さまは、大奥へ毎夜のようにお通いである」

柳沢保明が述べた。

将軍によって大奥へ足を運ぶ頻度は違っていた。

大奥の設立は三代将軍家光《いえみつ》のころになる。それ以前は、表と奥の区別はあったが、今ほど厳密ではなく、将軍の御台所や側室がなにかの要求を押し通すため、表まで出て老中と膝詰《ひざづ》め談判をすることも珍しくはなかったし、その逆も当たり前のようにあった。

それがはっきりと区別を付け、男子禁制とまではいかないが、大奥への出入りが厳しくなり、女中の外出も制限されるようになったのは、春日局《かすがのつぼね》の考えによった。

「怪しげな女《おなご》どもに公方さまのお情けはもったいな過ぎる」

春日局は溺愛《できあい》している家光を手元に置こうとした。

初代将軍家康《いえやす》の後家好きは有名であった。

田畑の視察、鷹《たか》狩り、遠駆けとしょっちゅう城から出ては、百姓や郷士の家へより、その家にいる後家に手を出す。後家が居なければ、妻でも構わない。その結果、家康は男子十一人に恵まれた。

二代将軍秀忠《ひでただ》は恐妻家であった。御台所御江与《おえよ》の方の尻《しり》に敷かれ、側室を作ることさえできなかった。とはいえ、男である。いい女を見れば欲情する。秀忠は、本丸の庭で一人の女中を見初め、そのまま抱いた。すぐに御江与の方の知るところとなり、女は放逐されたが、その一度で後の会津藩主となる家光の弟を産んでいる。

「大統を継がれるお方は、吾《わ》がもとで」

外で子ができるのは大奥の価値を下げる。春日局は大奥に仕える者だけを将軍の女にした。

これが幕府の思惑とも一致した。

幕府は天下と同義である。その幕府は将軍が居てこそなりたつ。徳川《とくがわ》家の当主に朝廷が征夷大将軍《せいいたいしょうぐん》の地位を与えるから、幕府を開くことができる。

もし、徳川家から将軍位が取りあげられれば、幕府は消える。とはいえ、徳川であれば誰でもいいというわけではない。

正しい血筋、徳川家康の血を引いていることが絶対条件である。しかし、将軍が江戸城を出て、気ままに市井の女を抱いたら、生まれた子供が家康の血を引くという保証はなくなる。市井の女が、将軍だけとしか閨《ねや》ごとをしていないとは限らないのだ。わずかな、それこそ毛の先ほどの疑義でもあれば、それは将軍にできなかった。

家康の子孫だからこそ、譜代大名が忠誠を誓い、外様《とざま》大名たちが従うのだ。どこの誰だかわからない男の子であれば、この両方が崩れる。

幕府崩壊である。

それを防ぐには、将軍が抱いた女を隔離するのが手っ取り早い。大奥以外の女を抱かせなければ、生まれた子供への疑念は払拭《ふっしょく》される。

表と奥の共同作業で大奥ができ、それ以降、大奥だけが将軍の閨となった。

もっとも将軍によって大奥へ通う頻度は違った。

男色をとくに好んだ三代将軍家光は大奥で女を抱くより、御座の間上段で稚児《ちご》小姓たちと戯れるのを選び、身体が弱く性欲も薄かった四代将軍家綱《いえつな》は義務で大奥へ入るだけで、月に数日も行けば良いほうであった。

その二人に比して、五代将軍綱吉は、優秀であった。

「なんとしてでも、吾《わ》が子の大統を」

兄家綱に子がいなかったおかげで、五代将軍の地位を手にした綱吉は、跡継ぎを欲した。

もともと館林《たてばやし》藩の藩主だったころには、男女一人ずつの子供がいた。ともに綱吉の寵姫《ちょうき》であるお伝《でん》の方が産んでいた。

しかし、跡継ぎであった徳松《とくまつ》は、綱吉が将軍になってまもなく、五歳という幼さで病死してしまった。また、姉の鶴姫《つるひめ》は御三家の紀州《きしゅう》へ輿《こし》入れしているため、綱吉の子供は江戸城からいなくなっていた。

綱吉は歴代将軍の祥月命日を除いて、ほぼ毎日大奥へ通っていた。

「であるに、お伝の方さまを始めとするご側室方の誰も懐妊なさらぬのはなぜだ。公方さまはお元気なのだぞ」

「それは……」

柳沢保明の勢いに、御膳番が詰まった。

「ご側室方のお身体に……」

「あれば奥医師から報告があろう」

側室たちの健康管理も奥医師、御広敷医師の仕事である。なにかあったときは、柳沢保明のもとへ報せが来た。

「閨の調整は小納戸の仕事である」

小納戸は将軍の身の回りの世話をすべて担う。そのなかには閨ごとも入っていた。

「今宵、伝のもとへ参る」

おおむね昼餉《ひるげ》の後の執務を終えたころ、綱吉は大奥入りと相手の側室を告げる。

それに対しては三つの返答が小納戸頭からなされる。

「畏れ入りまするが、本日は二代将軍秀忠さまの命日にあたりまする」

歴代の将軍、家康の父松平広忠《まつだいらひろただ》、祖父清康《きよやす》の命日は、精進日であり、将軍の大奥入りはできない決まりであった。

「あいにく大奥より、お伝の方さま、月の障りと報せがございました。他のご側室さまならば大事ございませんが、いかがいたしましょう」

男に都合はないが、女には閨に侍《はべ》れない日がある。

「さようか。ならば、何々でよい」

「わかった。本日は大奥へ行かぬ」

綱吉の返答次第で、後の予定は変わる。

「承りましてございまする」

精進日でもなく、指名された側室に問題がなければ、そのままを小納戸頭は上の御錠口《おじょうぐち》番を通じて大奥へ伝える。

小納戸の仕事は、多岐にわたった。

「公方さまもご側室方にも問題はない。なぜ、和子《わこ》さまができぬ」

「わかりかねまする」

医者ではない。御膳番が首を左右に振った。

「お食事に工夫はできぬか」

柳沢保明が御膳番を見た。

「もっと御精の付くものをお召し上がりいただくように」

「無理でございまする」

御膳番が否定した。

「朝餉の献立は決められておりまする」

「むっ」

拒絶に柳沢保明が苦い顔をした。

幕府は慣例で動いている。慣例にさえ従っていれば、決して罪に問われないからである。もし、慣例の通りにしてなにかあったとしても、それは仕方のないこととして流された。咎《とが》めるならば、慣例を続けてきた者すべてを対象にしなければならなくなるからである。

「慣例ももとからそうであったわけではない」

柳沢保明が強弁した。

代々続く慣例というものにも、最初はあった。それがうまくいったればこそ、慣例になったのだ。

「魚偏に喜ぶと書く縁起のいい魚でございまする。なにとぞ、将軍さまの御膳に」

いつからかは記録にさえないが、最初はこうだったはずである。

「めでたいことである」

献上を受けた将軍が、それを喜んで食べた。これが、慣例になった。

「毎朝、鱚を出せ」

そう命じた将軍はいない。綱吉がそう言ったのならば、柳沢保明は最初から朝餉の献立に文句は付けなかった。

「台所が納得いたしませぬ」

御膳番がもう一度首を横に振った。

台所役人は若年寄支配であり、小納戸頭の下僚ではなかった。

「儂《わし》からだとして、台所へ公方さまのお食事に今少し工夫をと申しておけ」

「……申してみますが」

御膳番がしぶしぶうなずいた。

「戻る」

柳沢保明が、小座敷を後にした。


小納戸にはいろいろな役目があった。当たり前である。人一人が生きていくには、相当な数の助けがいる。

まず食である。米を作り野菜を栽培する百姓、魚を捕る漁師などが、食材を用意してくれなければ食事さえできない。そこに調理する者もいる。

次に住である。雨風をしのぎ、外敵の侵入を防ぐ家を造るためには、大工や左官といった職人が必須《ひっす》である。

もう一つは衣である。寒さを防ぎ、移動に伴う傷などを防ぐため、人は身に衣を纏う。その衣の材料となる綿や麻を栽培する百姓とそれを使って布を織る職人、そして衣服の形に整える針子がいなければならない。

もちろん、将軍家は徳川四百万石の当主でもある。領地からあがる年貢や税で衣食は整う。住も江戸城が有れば、話はすむ。

小納戸にこれらを担当する者はいなかった。

とはいえ、役目は多岐にわたる。食事の世話、居室の清掃、将軍の衣服の着替え、月代《さかやき》の手入れ、夜具の手配と管理、表役人との折衝を担当する者などの他に、将軍が居室を出て庭へ出るときの雑用を承る庭方、鷹狩りの供をする鷹方、遠乗りのときに従う馬方、軍務教練に同行する大筒方《おおづつかた》などもいた。その数は一定しておらず、二十数人から百人ほどと幅広い。

これらの役目を分担しながら、当番、宿直《とのい》番、非番を交代する。小納戸に組はなく、組頭一人と、肝煎《きもいり》役で運営されている。しかし、小納戸頭が非番あるいは、病で休養しているときは、もっとも格式の高い御膳番と表役人との折衝を担当する奥之番が合議して、小納戸を動かした。

将軍の身の回りの世話という、目に見える功績が立てやすいため、小納戸になりたがる者は多く、名誉の小姓番、実利の小納戸と言われていた。

「月代御髪《おぐし》」

御座の間へ戻った柳沢保明が、次の指示を出した。

「承りまする」

返答をした月代御髪係が、懐から口宛《くちあて》の布を出し、四隅に付いている紐《ひも》を首の後ろでくくる。これは、綱吉の月代を剃《そ》り、髷《まげ》を整えるときに息がかからないようにするためであった。

「御免をこうむりまする」

御座の間で端座している綱吉の後ろに月代御髪係が廻り、助け番の小納戸が小さな桶にぬるま湯を入れたもの、手ぬぐい、新しい元結《もとゆい》を運んだ。

「ご無礼を」

道具を並べた月代御髪係が、綱吉の髷を留めている元結を鋏《はさみ》で切った。

「…………」

ここからは無言の作業になる。

月代御髪係は仕事のためとはいえ、将軍の身体に剃刀《かみそり》をあてられる。月代御髪係がその気になれば、将軍の首を掻き切ることもできるのだ。もちろん、そのようなまねをして生きていられるはずもなく、九族郎党まで根絶やしにされる。

しかし、人のやることである。絶対はない。月代御髪係が将軍の月代に剃刀をあてたときに、手を滑らせ傷を負わせることはある。

「痛い」

将軍が苦鳴を漏らす。

「なにをする。無礼者」

将軍を怒らせる。

「…………」

あるいは、将軍はなにも言わなかったが、血が垂れて衣服に付く。

このどれかになったとき月代御髪係は、謹慎して進退伺いを出すことになる。いや、まず辞さねばならない。

ようやく得た小納戸の役目をそうそうに失いたくはない。

月代御髪係は、目を皿のように見開いて、慎重に剃刀をあてていく。

天下を統《す》べる将軍である。庶民のように、月代は数日に一度剃るのではない。毎朝、月代御髪係が剃刀をあてている。まず、ほとんど髪の毛があたることはないだけに、かえって感触が摑みにくい。かといって、振りだけしているというわけにはいかなかった。一日手を抜けば、翌日の当番役にしっかりと見抜かれてしまう。

「昨日の月代御髪係は、お暇をいただいたようでございまする」

こう小納戸頭に報されれば、それでお役御免はまちがいない。

「公方さまのお側に仕える栄誉をなんと考えるか」

即日お役御免のうえ、謹慎、小普請組《こぶしんぐみ》入りは避けられない。しかも懲罰を受けての小普請組入りである。無役の旗本、御家人を集めた小普請組はいわば役立たずの集まりである。そこに罪を得て落とされた。末代までとはいわないが、何代かはお役に就くことはできなくなる。

月代御髪係は、小納戸のなかでもっとも外れ役とされていた。

「……加減はいかがでございましょう」

月代を剃り終わり、椿油を染みこませた柘植《つげ》の櫛《くし》で髪を梳《す》き、髷を結いあげた。このとき、引っ張りすぎては綱吉が不快を感じ、緩めすぎては簡単に髷が崩れる。ちょうどよい張り具合を探るため、月代御髪係が尋ねる。

「うむ」

首を動かさずに、綱吉がちょうどよいとの返答をした。

「では、これで」

月代御髪係が元結を縛り、余った部分を切り取った。

「公方さま」

その様子をじっと見守っていた柳沢保明が、綱吉に具合を問うた。

「…………」

無言で綱吉が手を振った。

「はっ。下がってよい」

柳沢保明が、月代御髪係に仕事の終わりを告げた。

月代御髪係は、将軍の髪を結うだけの仕事である。髷はその日、風呂《ふろ》にはいるまで維持される。これで月代御髪係の一日は終わる。

ただ、万一の乱れにそなえて、月代御髪係も夕刻までは控えていなければならない。月代御髪係が、御座の間に隣接している納戸控えへと引っこんだ。

「お着替えを」

すぐに柳沢保明が次の指示を出す。

月代を剃ったことで、細かい髪が綱吉の身体に付着している。短い髪というのは、衣類の隙間に入りこんだり、襟に刺さったりして、不快感を与える。

「なんじゃ、これは」

一本の毛が将軍の機嫌を損ねることもある。

小納戸頭の任の最たるものこそ、将軍のご機嫌取りであった。

「お召し替えを」

「うむ」

白絹の夜着を脱がせる。

将軍は武家の統領である。戦場で鎧《よろい》を身につけるときも出てくる。しかし、大将の鎧ともなると、まず一人で脱ぎ着できるものではない。手早く鎧を身にまとうには、手伝ってくれる者の邪魔にならぬよう、されるがままになるのがいい。

綱吉は軽く両手を拡げて、仁王立ちしている。そこに小納戸が数人取り付いて、着替えをさせた。

「よろしゅうございましょうや」

着替え終わるのを待っていた小姓番組頭が、綱吉に伺いを立てた。

「よい」

綱吉が首肯した。

「…………」

無言で柳沢保明は御座の間下段襖際へと下がった。

「…………」

小納戸たちも納戸控えへと引っこんだ。

「大老堀田筑前守《ほったちくぜんのかみ》さま」

小姓組頭が御座の間へ入ってきた大名の名をあげた。

御座の間で、家臣には敬称が付けられない。老中といえども官名を呼び捨てにされる。ただし、綱吉の五代将軍任官に功績大である堀田筑前守正俊《まさとし》だけは、別扱いをされていた。

「父とも思うぞ」

大老酒井《さかい》雅楽頭《うたのかみ》忠清《ただきよ》によって将軍候補からも外されていた綱吉を、密《ひそ》かに死の床にあった四代将軍家綱に目通りさせたうえ、後継者指名を受けられるように手配したのが堀田筑前守であった。その結果、堀田筑前守は大老になり、綱吉も格別な扱いをしていた。

「ご大老さま」

一人綱吉の命に応じるため、御座の間下段に残った柳沢保明が、堀田筑前守を迎えるよう、身体の向きを合わせた。

柳沢保明は、もと上野《こうずけ》館林藩士であった。綱吉が館林藩主から将軍へと立身を遂げたのに連れて陪臣から直臣に身上がりをした。いわば、堀田筑前守が綱吉を将軍にしてくれたお陰で、旗本になれた柳沢保明も小納戸から小納戸頭に出世できた。柳沢保明は、堀田筑前守に深く感謝をしていた。

「…………」

最初に声をかけるわけにはいかない。目で柳沢保明の歓迎に応じた堀田筑前守が御座の間下段中央に座した。

「公方さまにおかれましては、ご機嫌うるわしく、筑前守恐悦至極に存じまする」

堀田筑前守が手を突いて定型の挨拶《あいさつ》をした。

「うむ。筑前も壮健のようでなによりである」

綱吉も決まった応《こた》えを返した。

「本日は何用じゃ」

将軍が問うまで大老といえども用件を口にはできない。綱吉が発言を促した。

「護国寺につきまして……」

「なにか問題でもあるのか」

堀田筑前守の発言に、綱吉の口調が硬くなった。

二年前の天和《げんな》元年（一六八一）二月七日、綱吉は生母桂昌院《けいしょういん》の願いを受けて、高《たか》田《た》にあった幕府薬草園の土地を下賜、護国寺《ごこくじ》の創建を命じた。

これは桂昌院が深く帰依していた高崎大聖護国寺《たかさきだいしょうごこくじ》の僧侶亮賢《そうりょりょうけん》を江戸に招くためのものであった。

五万坪をこえる敷地にふさわしい大伽藍《だいがらん》となれば、相応の費用がかかる。

「公方さまに和子さまができぬのは、なにかが邪魔をしている。それを取り払うには、江戸に祈禱《きとう》のできる場所が要りまする」

亮賢の一言で始まった護国寺建立は、幕府のなかでも反対が多い。

「天守閣の再建さえままならぬというに、新規の寺院建築に十万両以上を費やすのはいかがなものか」

明暦《めいれき》三年（一六五七）一月十八日、本郷丸山本妙寺《ほんごうまるやまほんみょうじ》から出火した火事は、江戸城の櫓《やぐら》、建物に被害を出したうえに、天下の象徴ともいうべき天守閣まで焼いた。

「火急のおりに、無用の長物を造る余裕はない」

当初、焼け落ちたのと同等のものを再建する予定を立てていた幕府だったが、それ以外の表御殿、門、櫓などの再建、被災者への支援などで莫大《ばくだい》な金を費やし、さらなる費用のかかる天守閣はあきらめざるをえなかった。

「天下の将軍家居城に天守閣がないなど、諸大名への示しが付かぬ」

「幕府に天守閣を建てるだけの力もないと、天下に知らしめることになる。庶民どもへの庇護《ひご》を止めてでも、再建すべきである」

天守閣を建てないと発表した当時の幕閣への風当たりは強かった。

「いずれ、幕府の財政が旧に復したならば、天守閣の建造を考慮する」

四代将軍家綱から大政参与を命じられていた会津藩初代藩主で三代将軍家光の異母弟保科肥後守正之《ほしなひごのかみまさゆき》が、こうして一同をなだめ、なんとか天守閣の再建は見送られた。

金がなかったから、他に優先すべきものがあった。これをお題目に、天守閣は放棄された。

ならば、金ができ、優先すべきことがなければ、天守閣を再建すべきではないか。そう思う者が出てきて当然であった。

城は武士にとって、家臣にとって、拠《よ》り所である。城さえ無事ならば、まだ大丈夫だ。あの城は落ちない。だから、我々は勝つ。

戦になったとき、武士が士気を保てるかどうかは、居城の安否に左右される。

そして、天守閣こそ城の象徴であった。

周囲を見下ろす高さの天守閣は、かなり離れたところからでも見える。それこそ城下町にいれば、どこからでもその姿を確認できる。

天守閣から火や煙が出ていなければ、城はまだ保っている。

その天守閣が、今江戸城にはなかった。

もちろん、天下は泰平であり、戦いが起こることなどない。ましてや、徳川家に刃向かい、江戸まで軍勢を差し向けられる大名は皆無であった。

そんな世に天守閣は無用の長物である。しかし、徳川家の直臣であるという誇りを持つ旗本、御家人は違っていた。

「播州姫路《ばんしゅうひめじ》、長州萩《ちょうしゅうはぎ》、備前岡山、安芸広島《あきひろしま》と天守閣を持つ大名は多い。天下の将軍家に天守閣がないなど恥ではないか」

「徳川に天守閣がないのだ。ならば、諸大名も天守閣を潰《つぶ》し、遠慮を見せるべきであろう」

明暦の大火から復興を果たした旗本、御家人が不満を口にしだした。

そこへ、広大な寺院の建設である。それも将軍生母の祈願所として、新しい寺を一から建立する。

「将軍家祈願所ならば、寛永寺《かんえいじ》がある」

「新しい寺などなくとも、江戸には浅草寺《せんそうじ》、増上寺《ぞうじょうじ》など名刹《めいさつ》がいくらでもある」

「今更新しい寺など不要ではないか」

護国寺を建てると布告されて以来の文句も増えた。

「上野あたりの怪しき僧侶を江戸に迎えるのはいかがなものか」

「何十万両とかかる寺の創建をねだるなど、まともな坊主ではない」

「お伝の方さまがまだ幼いころに、天下人を産む相だと予言したなどというが、眉《まゆ》唾《つば》ものじゃ」

とくに江戸では無名である亮賢の評判が悪い。

しかし護国寺のことは、綱吉の指示である。将軍の命は絶対でなければならない。とはいえ、幕府閣僚たる老中たちにも承服できることとしかねることはある。

「公方さまのお言葉を覆すわけには参りませぬが、せめて規模をいささかでも縮小していただくようにお話しいただけませぬか」

幕府の財政は、明暦の火事から二十六年経って、やっと回復の兆しが見えてきたところである。ここで、大きな出費は避けたい。

かといって遣わねばならぬところに惜しむわけにはいかない。政とは金を貯めこむものではなく、どこに遣うか、どう遣うか、もっとも効果を生むところに投資することである。

老中たちが大老堀田筑前守に、綱吉への取りなしを頼んだのも当然であった。

「お話はしてみるが……」

堀田筑前守が気の進まない顔をした。

「最近の公方さまは、拙者が申しあげることをお聞き取りくださらぬ」

小さく堀田筑前守がため息を吐いた。

「このようにいたしたく存じまするが、よろしゅうございましょうや」

「よきにはからえ」

父と呼ばれるほど堀田筑前守が綱吉に信頼されていたのは、就任一年ほどの間であった。

「これにつきましては、いささか費用がかかりすぎておるようでございまする。今少し倹約を」

「ならぬ。母の求めである」

大奥、とくに綱吉の母桂昌院からの要求を認めない老中たちに、綱吉の怒りが出始めた。

「躬《み》は天下を統べる将軍である。将軍の意をくむのが、執政の役目であろう」

綱吉の根本は朱子学《しゅしがく》にあった。

三代将軍家光の息子として生まれ、兄家綱の予備として育てられた綱吉である。

兄弟相克することのないよう、忠義、孝行を基礎とする朱子学を叩《たた》きこまれた。

まちがえても家綱に謀叛《むほん》を起こすようなまねをさせまいと、子供のときから朱子学を含む儒学に触れさせられた綱吉は、それに染まってしまった。

もし、長兄家綱が死の床にあったとき、次兄甲府《こうふ》宰相綱重《つなしげ》が無事であれば、綱吉は五代将軍の座を目指すことはなかった。

長幼の序こそ、守るべきものと考えていたからである。

しかし、綱重は兄家綱より先に世を去っていた。

結果、綱吉の頭を抑える者がいなくなった。御三家、越前松平家も将軍継嗣の資格はあるが、格下になる。年齢が上であろうとも、家の格が下であれば譲ることはない。

綱吉の基準ははっきりとしていた。

忠義と孝行……綱吉が館林藩主だったときの評判はいい。しかし、その根が傾いてしまった。

忠義がなくなった。将軍は武家の頂点である。忠義を捧げる相手ではなく、捧げられる立場なのだ。

忠義と孝行の二足があればこそ、綱吉はまっすぐ立っていられた。その一方がごっそり抜けてしまった。

今の綱吉は、孝行という一本柱の上に立っている。

綱吉にとって、天下の政よりも孝行が大事となった。そして、父家光はすでに亡く、孝行を向ける相手は、母桂昌院しかいない。

桂昌院が賢い女であればまだよかったが、京の西陣織の八百屋の娘でその優れた容色で三代将軍家光の手が付いただけである。天下の政に心を配るような女ではなかった。

「どうして公方さまに和子さまができぬ」

「なんとしても和子さまを」

桂昌院も綱吉のことしか考えていなかった。

将軍にとってなにがもっとも重要な仕事かといえば、子孫を残すことであった。

徳川が将軍であり続けられるのは、初代徳川家康が朝廷から征夷大将軍の地位を授けられたからである。それをわずか三年で息子秀忠に譲り渡すことで、家康は征夷大将軍を世襲制だと天下に示したのみならず、徳川の家業にしてのけた。

家業とは、蹴鞠《けまり》の飛鳥井《あすかい》、書の嵯峨《さが》などのように、代々受け継いでいく役目、特徴、職である。

家康は朝廷を脅し、征夷大将軍を徳川が独占することを認めさせたのだ。

これが徳川の義であった。だが、これは逆に徳川を呪った。

家康の血筋でなければ、征夷大将軍にはなれない。家康の血筋が絶えたとき、征夷大将軍は徳川から外れる。

この考えが、徳川を縛り付けた。

正統な血筋を産むために、大奥はできた。将軍以外の男を受け入れないことで、大奥に生まれた子供の疑念を一掃する。

大奥にいる女はすべて、将軍のものである。ここまでして、徳川は将軍に子供を作らせようとした。

桂昌院は、その大奥で子を産み、その子が将軍となった。いわば、大奥の意味を体現したのである。

当たり前のように桂昌院は、綱吉の子供を大奥で儲けさせようと考えた。

「公方さまに和子さまができぬのは、前世での悪行が祟《たた》っているからでございまする」

護国寺の亮賢が、帰依している桂昌院にささやきかける。

「前世で公方さまは、命を奪いすぎましてございまする。その業が、現世において新たな命の芽吹きを邪魔しておりまする」

「どうすればよい」

亮賢の話に、桂昌院が問うた。

「生類を哀れまれることでございまする。生きとし生けるものを慈しみ、死したものの菩提《ぼだい》を弔えば、かならずや公方さまにお世継ぎがお生まれになりまする」

「江戸に来てくれやれ。妾《わらわ》の側で相談に乗ってくれや」

桂昌院は、亮賢を江戸へ招こうとした。

「公方さまのお為になることじゃ。頼むゆえ護国寺を江戸に造ってたもれ」

母の強請《ねだ》りに、綱吉が応じた。

「寛永寺、増上寺に優《まさ》るとも劣らぬものを造れ」

綱吉が命じた。

「承知いたしましてございまする」

将軍の命は絶対である。将軍の言葉を否定する、あるいは拒むということは、身分という秩序を破壊した。秩序の破壊は、武士の世を壊しかねない。

綱吉の指図に堀田筑前守以下老中は従うしかなかった。が、実際に建立にかかると予想以上に金が嵩《かさ》んだ。

「本堂には、少なくともこれだけの広さが……」

「御仏を祀《まつ》るのでございまする。柱となる木は、檜《ひのき》の節一つないものでなければ……」

護国寺の僧侶たちが、ここぞとばかりに口出しをしてくる。

「そのようにしてくだされや」

僧侶たちの悪辣《あくらつ》さは、普請にかかわっている奉行や老中ではなく、桂昌院へ願いを出すことにあった。

桂昌院は、金の苦労をしていない。なにより幕府は天下を統べている。どれだけの金がかかろうとも、ゆらぐはずなどないと思いこんでいる。

「わかっておりまする」

綱吉は母の願いをすべて呑《の》む。

「さすがにこのままでは、幕府の財政が傾く」

老中たちの危機感は高まり、ついに堀田筑前守を遣って諫言《かんげん》した。

「躬の言うことをきかぬと申すならば、辞せよ」

綱吉は堀田筑前守の進言を拒否した。

「下がれ。不愉快じゃ」

手を振って綱吉は、父とも呼んだ恩人を犬のようにあしらった。

「…………」

無言で頭を下げ、堀田筑前守が御座の間を出た。

「筑前守さま」

「柳沢か」

御座の間を出た入り側で、柳沢保明は堀田筑前守に声をかけた。

「力及ばずだな」

堀田筑前守が苦く頬をゆがめた。

「…………」

柳沢保明はなにも言えなかった。

「公方さまは、もう、余の手を離れられた。喜ぶべきことであろうが……」

堀田筑前守が嘆息した。

「そのようなことは……」

「よいのだ。気を遣ってくれるな」

否定しようとした柳沢保明に、堀田筑前守が首を小さく横に振った。

「今から公方さまに……」

「止めておけ」

わたくしも諫言をと言った柳沢保明を堀田筑前守が止めた。

「公方さまは賢いお方じゃ」

堀田筑前守が、目を閉じた。

「英邁《えいまい》なご資質をお持ちである。でなくば、余は酒井雅楽頭どのに逆らってまで公方さまを五代将軍の座にお就けする気はなかった」

「筑前守さま……」

「徳川の血筋でなければ征夷大将軍になれぬ。これは呪いのようなものだ。養子ができぬわけだからの。どうしても子をなさねばならぬ。直系の和子さまがおられる間は、なんの問題もない。四代家綱さままで徳川は直系を続けられた」

二代将軍秀忠は家康の三男、三代家光は秀忠の次男、四代家綱は家光の長男である。

「直系相続の間は、何も起こらぬ。だが、直系が途絶えたとき、至高の座を巡っての争いが始まる」

「……………」

辛《つら》そうな顔をした堀田筑前守に柳沢保明が言葉を失った。

「今回はまだましだった。御三家が口出しをしてこなかったからな。実質、酒井雅楽頭どのの推す宮将軍と綱吉さまのどちらかであった。ああ、綱重さまの跡継ぎ綱《つな》豊《とよ》さまのお名前はでなかった」

「なぜでございましょう」

「綱吉さまより一代離れるからだ。将軍から数えて綱吉さまは一代、綱豊さまを候補に入れると二代まで認めねばならぬ。そうなれば、御三家の当主も該当する。尾《お》張《わり》の光友《みつとも》どの、紀州の光貞《みつさだ》どの、水戸《みと》の光圀《みつくに》どのは家康さまの孫だ」

「たしかに」

柳沢保明がうなずいた。

「直系ではなくとも、秀忠さまのお血筋でなければまずい。拡げればいくらでも候補は増える。候補が増えれば、天下が割れる。それぞれに利害がからむからな」

「はい」

「今回はうまくいったが……次は」

堀田筑前守が肩を落とした。

「雅楽頭どのの策が正しかったのかも知れぬな」

「それはどういう……」

呟《つぶや》くように述べた堀田筑前守に、柳沢保明が尋ねた。

「知らずとも良い。いや、まだそなたの身分では知るべきではない。いずれ、そなたが執政の列に並んだとき、誰かが教えてくれるだろう」

堀田筑前守が告げた。

「柳沢よ」

「はっ」

真剣な目つきで見る堀田筑前守に、柳沢保明が応じた。

「小納戸は、公方さまにもっとも近いお役目である。公方さまの意をくみ、その求めに応じることこそ、小納戸の役目」

「心引き締まりまする」

堀田筑前守の言葉に、柳沢保明の背筋が伸びた。

「小納戸は、決して公方さまのご機嫌を損ねてはならぬ。執政や小姓などは、公方さまに諫言申しあげても良い。申しあげねばならぬ。しかし、小納戸だけはいかぬ」

「それはどうして……」

諫言こそ忠臣の最たるものである。綱吉に忠誠を誓っている柳沢保明が混乱した。

「将軍とは孤独なものだ。他人《ひと》に任せようとも、政の責は将軍が負わねばならぬ」

堀田筑前守が、息を継いだ。

「いや、そのていどならば、執政衆が代われるな……将軍は至高じゃ。誰も隣に並べぬ。同じ腹から生まれた兄弟でも、臣下になる。誰も同じところにいてくれぬ。その辛さをわかるか」

「……いいえ」

柳沢保明が首を左右に振った。

小納戸頭の地位は、役人のなかでも低い。毎日顔を合わせる役人は多いが、配下以外はまず格上である。この状態で孤独だなどとは口が裂けても言えなかった。

「余もわからなかった。いや、感じる暇《いとま》などなかった。春日局さまの跡継ぎ、老中堀田加賀守正盛《かがのかみまさもり》の息子として、高みを目指さなければならなかったからな」

懐かしむような目を堀田筑前守がした。

堀田筑前守だけではない。父や祖父、はては先祖でも、執政やあてていど他人から羨《うらや》まれるような名誉ある役目に就いた者の子孫は、そこへ至るのが使命になる。

「お父上どのは、能吏でござったのに……」

「先祖は老中までのぼられたのに、昨今はまったく見るべきものがござらぬな」

届かないときは、世間からの陰口を覚悟しなければならない。

だけならまだいいが、先祖の功績で街道の要地や実高が表高を上回るような領地に封じられている譜代大名などは、いつまでも無役のままでくすぶっていると転封させられることがある。新しい執政に奪われるのだ。そうなれば、裕福だった藩の財政は一気に悪化してしまう。

「老中になってもわからなかった。いや、やっと老中になれたという喜びしかなかった」

父加賀守正盛が三代将軍家光の寵愛を受け、老中にまで上り詰めた。石高に至っては千石から度重なる加増を受け、十一万石になった。ここまで贔屓《ひいき》された加賀守正盛が、家光の死に殉ずるのは当然である。加賀守正盛は家光の後を追った。殉死した者の遺族は格別な扱いを受ける。

こうして堀田家は徳川にとって格別な家柄になった。

加賀守正盛の後を継いだ筑前守の兄上野介正信《こうずけのすけまさのぶ》が失態をおかし改易されたとはいえ、堀田筑前守は連座の咎めを受けることはなかった。しかし、分家だったから奏者番から若年寄に転じるのに十年、若年寄から老中に九年かかっている。

堀田筑前守が老中になったのは四十六歳のときで、父加賀守正盛の二十七歳就任に比べてかなり遅かった。

「老中になり、酒井雅楽頭どのと争って綱吉さまを将軍へご推戴《すいたい》申しあげたことで大老になった」

五代将軍の継承で綱吉ではなく、鎌倉《かまくら》の故事に倣って京から宮家を迎え、将軍にしようとした大老酒井雅楽頭は、失敗を悟ると職を辞して隠居した。その後に、堀田筑前守が任じられた。

「大老は格別じゃ。なにせ、常にはおかず、井伊《いい》、酒井、土井《どい》の三家でなければ就けぬ役目じゃ。そこに余が割りこんだ。臣下として最高の地位だ。最初はうれしかったぞ。父をこえられたとな。だが、浮かれていられたのは一ヵ月だ。大老は、政すべてを監督する。老中のときにあった月番や、担当などない。老中たちも余を格別に扱う。わかるか」

「孤独……」

訊かれた柳沢保明が呟くように言った。

「そうじゃ。余も並ぶ者がおらぬ。先日まで同僚であった老中でさえ、余をはれ物扱いする。御用部屋にいても、絶えず皆の目を感じ、近づけば逃げられる。敬して遠ざけるを地でいっている。知っておるか、今の余の役目を」

「ご執政でございましょう」

柳沢保明が述べた。

「違う。余に政の案件は回ってこぬのだ。そのようなこと、我らがいたしまする。大老どのは、大所高所から見ていてくださいませと、他の老中がさせてくれぬ」

「では、筑前守さまはなにを……」

情けない顔をした堀田筑前守に、柳沢保明が質問した。

「公方さまのご機嫌を損ないそうな話を上奏するだけじゃ」

堀田筑前守が大きくため息を吐いた。

「それで……」

今も堀田筑前守は綱吉の怒りに触れていた。

「なぜ筑前守さまが……」

「あれくらいですむのは、余だけだからよ」

「……………」

綱吉の側近くに仕えているだけに、柳沢保明はその気性の激しさをよく知っていた。

「さきほどの話を他の老中にさせてみよ。今ごろ罷免されておる。公方さまもまだ余にはお気遣いをくださるからな」

堀田筑前守が苦笑した。

「老中まで来ておきながら、誰も辞めさせられたくはなかろう」

「それで筑前守さまが……」

いたましそうな目で柳沢保明が堀田筑前守を見た。

「これも大老の仕事じゃ。公方さまは、和子さまを失われたことでお心が傷んでおられる」

堀田筑前守が口にした。

綱吉の嫡男徳松は、将軍世継ぎとして江戸城西の丸に移って三年で病死した。まだ五歳という幼い息子の死は、綱吉に大きな衝撃を与えた。

「先ほども申したように、公方さまは英邁であられる。かならず徳松さまを失われた衝撃から立ち直られ、幕府を良きように率いていかれるはずじゃ。余はそのお手伝いをさせていただくだけ」

「筑前守さま……」

あきらめたような口調に、柳沢保明は引っかかった。

「余は公方さまにご意見をこれからも申しあげる。それは宮将軍ではなく、綱吉さまを戴《いただ》くと決めた余の仕事である。余は公方さまを家光さまに並ぶ名君にいたさねばならぬ」

堀田筑前守が柳沢保明を見つめた。

「ときには公方さまの敵になることもある。耳に痛いことを申しあげもする。公方さまからすれば、余の変貌《へんぼう》に見えるであろう。公方さまを将軍に押し上げた余が、綱吉さまの望みを遮るのだからな」

「…………」

柳沢保明はなにも言えなかった。

「孤独な公方さまを余は助けられぬ。おまちがいは正さねば、公方さまのお名前に傷が付く。それだけは避けねばならぬ。世間に出る前に、お止めする。そのための嫌われ役は余しかできぬ。余に悪名が付くのはかまわぬ。堀田家は父加賀守のときより、将軍家のおためにあるのだからな」

「見事なお覚悟でございまする」

心の底から柳沢保明が感心した。

「頼む、柳沢。公方さまをお支えしてくれ。これは御用部屋に詰めていなければならぬ余にはできぬ。身の回りのことをするためにいつもお側にいる者にしかできぬことじゃ。どのようなことがあろうとも、公方さまを肯定してくれ」

「それでは、公方さまのおためにはなりませぬ」

首を縦に振るだけの家臣は、主君の道を誤らせる。室町《むろまち》幕府最後の将軍となった足利義昭《よしあき》など過去の歴史がそれを如実に語っていた。

「おぬしだけじゃ。執政衆はおもねてはいかぬ。老中がしっかりしておれば、政は揺るがぬ。それにずっとではない。公方さまが、お気づきになるまでだ。天下万民こそ、吾《わ》が子であるとな。公方さまは聡明なお方じゃ。かならずおわかりになる。それまでの間、頼む」

堀田筑前守が柳沢保明の手を握った。

「ご大老さま……」

ここまでされて意気に感じなければ、男子ではない。

「承知致しましてございまする。お側にあるかぎり、わたくしめは公方さまのすべてをお支えいたしまする」

「かたじけないぞ、柳沢。では、またの」

満足そうにうなずいて堀田筑前守が離れていった。

「真《まこと》の忠臣とは、筑前守さまのことを申すのであろう」

柳沢保明が、その大きな背中を見送った。

貞享《じようきよう》元年（一六八四）八月二十八日、大老堀田筑前守正俊は、従兄弟《いとこ》の若年寄稲葉《いなば》石見守正休《いわみのかみまさやす》によって城中御用部屋前で刃傷《にんじよう》を受けた。

「なにをする」

「慮外者」

城中でもっとも人の多い御用部屋前での惨事である。

争う音に気づいて出てきた老中たちが、血刀を堀田筑前守に叩きつけている稲葉石見守に気づき、その場で討ち果たした。

「騒がしいの」

御用部屋と御座の間は隣り合っている。当然、その騒ぎは綱吉の耳に入った。

「見て参れ」

「はっ」

命じられた小姓が出ていった直後、老中大久保《おおくぼ》加賀守忠朝《かがのかみただとも》が血相を変えて御座の間へ駆けこんできた。

「大事にございまする。大事に……」

「なりませぬ」

綱吉に近づこうとした大久保加賀守の前に柳沢保明が立ちはだかった。

「どけ、邪魔をするな」

大久保加賀守が柳沢保明を突き飛ばそうとした。

「殿中でござる。お手のものをお離しあれ」

よろめきもせず、柳沢保明が指摘した。

「なに……あっ……」

大久保加賀守があわてて握りしめていた血刀を後ろへ捨てた。

「ご無礼をいたしました」

一礼して柳沢保明がさがった。

「……助かった」

小声で大久保加賀守が礼を言った。非常事態とはいえ、将軍の前に抜き身を提げて出ては、ただではすまなかった。鯉口《こいぐち》三寸（約九センチメートル）切れば、切腹が決まりである。事情が事情だけに、勘案されて切腹まではいかないだろうが、老中罷免は避けられない。

「公方さま……」

「そうか。筑前がか」

大久保加賀守の報告を聞いた綱吉は淡々としていた。

「………」

恩人でもある寵臣の悲劇に対して冷たすぎる綱吉に、柳沢保明が息を呑んだ。

「ただちに医師を」

柳沢保明が綱吉に進言した。

「そうじゃの。名医を用意いたせ」

綱吉が首肯した。

数ヵ所を滅多刺しにされた堀田筑前守はまだ息があった。しかし、なぜかこのとき外道医師ではなく、本道医が呼ばれた。

綱吉の一言で、表御番医師ではなく、偶然登城していた寄合医師奈須玄竹《なすげんちく》に話が回された。

奈須玄竹は先代が家光の奥医師であり、天下の名医として知られた人物であった。二代目奈須玄竹も若いとはいえ、本道の研鑽は積んでいたが、外道はまったくの門外漢であった。結果、堀田筑前守は止血代わりに布を巻き付けられただけに終わった。

「戸板での下城を許す」

大老とはいえ、江戸城では家臣でしかない。今は、乗物を用いることはできなかった。綱吉の許しを得るまで堀田筑前守は、御用部屋前の廊下に放置された。

堀田筑前守は翌日不帰の客となった。

「家督は認めるが、大手前の屋敷は取りあげる」

喧嘩《けんか》両成敗にしなかったのが綱吉の情けであった。不意に襲われて抵抗できなかったときも武士としてふさわしからずと咎を受けるが、それもなかった。

だが、堀田家は大手門を出たところにある、譜代最高の屋敷地を取りあげられた。だけではなかった。一年後、堀田家は街道の要地であり、稔りの多い下総古河《こが》から、寒冷地の出羽山形《でわやまがた》へ移された。さらに一年で陸奥福島《むつふくしま》へと転封される。陸奥福島は実高が表高の半分もない貧しいところで、これはあきらかな懲罰であった。

「…………」

位人臣を極めた堀田家の没落を柳沢保明は目の当たりにした。

「刃傷のおりの振る舞い殊勝である」

大久保加賀守を止めた行為が綱吉の心を捉《とら》え、こののち柳沢保明は寵臣になる。

貞享二年、従五位下出羽守に叙されたのを端緒とし、元禄《げんろく》元年（一六八八）新設された側用人に抜擢《ばってき》、一万二千石を与えられて大名となった。その後も加増を受けつづけ、元禄七年には老中格七万二千石、最終は老中上席甲府藩主十五万千二百石の大大名にまでのぼった。

「公方さまのお言葉こそすべて」

どれだけ立身を重ねても、堀田筑前守の天罰を目の当りにした柳沢出羽守は綱吉に向けて意見を述べることはしなかった。

小納戸　あとがき

時代小説やテレビの時代劇でも、あまり耳にしない役職が小納戸であろう。字面だけを見ていると、ものを仕舞う納戸の管理をするように思える。

もちろん、幕府には納戸方という役目はあるが、小納戸よりも格下でまったく別物であった。

小納戸は将軍の身の回りの世話をする役目であった。若年寄支配で、役高五百石、役料三百俵（ただし家禄千石をこえる場合はなし）で定員は決まっていない。

また、仕事柄、将軍近くに控えていなければならず、他の役目のような休息を取るための下部屋はもちろん、詰めの間さえも与えられていなかった。

設置されたのもいつかはわかっていない。記録には、文禄《ぶんろく》の役のころに小納戸を命じられた者もいたらしいが、実際どのような役目を果たしていたのかまではわかっていない。

幕府の役職就任離任を記録した『柳営補任《りゅうえいぶにん》』でも、十一代将軍家斉《いえなり》からしか小納戸の記載はなく、どのような実態かはかなり謎に満ちている。

はっきりとしだすのは、家綱のころからである。家綱の御世には、二十人ほどが小納戸に任じられている。

それほどの数ではない。これは将軍がまだ武家の統領としてあったからだろう。

武将は戦場へでたら、あるていど、自分のことは自分でしなければならないのだ。すべてを人任せにしていては、敗走したときなど困る。

小納戸の仕事も、それほど多くはなかったと思われる。

しかし、泰平が続き、将軍が幕府の飾りとなるに連れて、小納戸の数は増えていった。幕末近くになると軽く百人をこえた。これではまずいと考えたのか、増えた人件費に青くなったのか、元治《げんじ》元年（一八六四）定員は四十二人に削減された。

もっともこれは一瞬で崩れた。既得権益の縮小はいつの間にかうやむやになるのが常である。小納戸が廃された慶応《けいおう》二年（一八六六）の記録では、じつに百四十人に及んでいる。

百四十人もの数が要る。将軍の日常がどれだけ、過保護であったかわかろう。それこそ、朝起きてから夜寝るまで、どころか寝ている間も、人手がかかわっていた。

実際、将軍は小便をするときも手助けさせ、大便の後始末まで小納戸にやらせていた。

これで戦場に立てるはずはない。十四代将軍家茂の長州征伐が失敗に終わったのも当然であった。

幕府は天下を統一した武将が朝廷から大政を委任されて開くものである。鎌倉幕府も、室町《むろまち》幕府も、徳川幕府も同じである。乱れた世を力ずくでまとめあげた武将だけに許される特権が、征夷大将軍の地位と幕府である。

自分で自分のことを何一つしない将軍に、戦場での指揮や、人心掌握などできるわけはない。徳川幕府が倒れたのも当然の帰結であった。

小納戸の数は幕府の寿命に反比例する。小納戸がいなかったとされる家康、秀忠のころの幕府は強かった。

家康は、身の回りのこと一切を自分でしたと言われている。これは、子供のころ、織田《おだ》や今川《いまがわ》に捉われ、世話をしてくれる家臣さえいなかったからだろう。

敵地で人質生活、いつどうされても文句は言えないという生い立ちも影響したのか、家康は終生人を信用しなかった。家康は死の直前まで医師の診断は受けても、自分で調合した漢方薬しか飲まなかったらしい。

秀忠もまた戦国に生きた武将であった。偉大な父の陰に隠れて凡庸なイメージしかないが、自分のことくらいはできた。

問題は生まれたときから将軍の子供であった家光以降である。家光の時代、小納戸が何人だったかという記録はないが、生後すぐに乳母春日局のもとで育てられたことから考えても、自分のことすべてができたとは思えない。

大奥から将軍世子となって表御殿へ移った家光の身の回りの世話を誰かがしなければならない。乳母の春日局を家光に張りつけておくわけにもいかないのだ。おそらくこのころに小納戸の役目が決まっていったのではないかと筆者は考えている。また、家光には命の危険もあった。なにせ同母の弟忠長《ただなが》と将軍の座を争ったのだ。家康の裁定で次の将軍と決まったとはいえ、忠長は健在であり、家光を嫌い抜いている生母御江与の方もいる。

いつ毒を盛られるかわからない。

毒味には小姓がいるだろうと思われるかも知れないが、その小姓が信用できない。まだ将軍世子と決まる前の家光が病に倒れたとき、介抱役だった小姓はうなされる家光を放置、忠長の機嫌を取りにいった。

こういう経験をした家光が、小姓を信じられるはずはなかった。新たな信用の置ける毒味役を求めたのは想像に難くない。身の回りの世話をするとして新規募集されたであろう小納戸のなかから毒味役が選ばれたのは自然の流れである。

このほか、小納戸には月代御髪係という役目もあった。これは、将軍の鬢を整える役目で、剃刀や鋏を扱った。しかも将軍の後ろに回って剃刀を使用する。絶対の信頼がなければ、この役目はできない。

小納戸は将軍の信頼を受ける者であった。

しかしながら、新しい役目というのもあろうが、小納戸の地位は低い。幕府の役職の順位を纏めた大概順《たいがいじゅん》によると、小納戸は六十五番目になる。もっとも、この大概順には、老中、若年寄、京都所司代などの大名職は含まれないので、実際はもっと下になる。

同じく将軍の側に仕える小姓が四十一位であるのを見ても、相当低い。ちなみに小納戸頭の項目は大概順にはのっていない。というのは、小納戸頭というのは、常設の役目ではなかったからである。

設置の歴史もあやうい小納戸だけに、その頭もはっきりしない。

初代の頭と類推されているのは、寛永《かんえい》十六年（一六三九）、書院番士伊藤某《なにがし》が任じられた小納戸奉行である。だが、この伊藤が二の丸留守居に栄転したあと、小納戸奉行は空席になる。四年後、今度は小納戸から小納戸頭に二名が同時昇進するが、これも二人が異動すると後任は選ばれていない。

この後、八代将軍吉宗が、小納戸四名を小納戸頭に任命している。が、これも後年までかならず設置されたものではなかったようだ。

ちなみにこの小納戸頭四名は、すべて吉宗が将軍になるとき、紀州から引き連れてきた者であった。

これからも小納戸が、将軍の信頼厚い者であったことがわかる。

といったところで、将軍が万近い旗本のなかで誰が信用できると知っているはずはない。では、どうやって新しい小納戸は選出されたのか。

無役や他の役職に就いている者などで小納戸へ就きたいと願う者は、得意な学問、武芸、特技を記した短冊を奥右筆《おくゆうひつ》部屋へあらかじめ提出しておく。

小納戸に欠員、あるいは追加が必要となったとき、支配である若年寄、間近でその職務を見守るお側御用取次が短冊に目を通し、これならと思う者に面接を施す。

父母の忌日、病気などの事情があれば、面接日は変更された。ここだけを見ると、現在の就職面接よりも優しい。

面接は二次、三次とあり、そのたびに落とされる者が出る。こうして厳選し、候補が五名くらいになったところで、最終面接がおこなわれる。

最終面接は将軍による面体確認であった。

吹き上げお庭まで呼び出された候補たちを、五間（約九メートル）ほど離れたところで将軍が見て、気に入った者を選んだ。

なんと、最後は将軍の好き嫌いであった。当たり前といえば、当たり前である。すぐ側に仕えるのだ。気に入らない者では将軍もたまったものではない。

こうして小納戸に任じられた者は、三日以内に麻の裃《かみしも》で登城し、特技を将軍の前で披露した。弓の得意な者は射を、能筆な者は書を、四書五経ならば朗読をおこない、とくに優れていると認められた者は、吹き上げお庭に設けられた小納戸用の稽古場《けいこば》、学問所で教授方を務めた。教授方を命じられても役料などは増えなかったが、稽古場、学問所の掃除などの雑用は免じられた。

　またこのときの特技次第で、配属が決まった。これは重要であった。月代御髪係など手先の器用な者でなければ、大事になる。将軍の近くで用をこなす。誠心誠意仕えるだけでなく、気働きも求められる。

　難しい役目だが将軍だけでなく、老中、お側御用取次などの要職の目に留まりやすく、出世もしやすかった。

　それだけに小姓になれるほどの名門でない旗本たちにとって、小納戸は垂涎《すいぜん》の役目であった。

　柳沢美濃守吉保《みののかみよしやす》、田沼主殿頭意次《たぬまとのものかみおきつぐ》の父意行《もとゆき》も小納戸を経験している。老中上席になった柳沢吉保はいうまでもないが、田沼意行も紀州家の足軽の出から六百石の旗本にまで立身している。不幸にして小納戸頭のときに病死したが、意行がここまで出世したことが、のちの田沼意次を生み出したことはまちがいない。意行のお陰で田沼家は布衣《ほい》格となり、意次は初役で九代将軍家重《いえしげ》の小姓に任じられた。

　初役が小姓というのは名門旗本の扱いであり、これで意次の立身出世は約束された。

されど小納戸もよいことばかりではなかった。

小納戸は失敗が目立つ役目でもあった。

しかも失敗の相手は将軍である。

「不埒者《ふらちもの》」

「そなたの顔などみたくもない」

こう将軍に怒鳴られ、咎めを受ける者も多かった。謹慎ですめば幸い。罷免されれば、将軍に嫌われたとの悪評が付きまとい、二度と浮かびあがることはなかった。

「そこ、動くな」

よほど将軍を怒らせたのだろう。幕初には、お手討ちになった者もいた。人も羨む出世か、命だけでなく家ごと潰される手討ちか。

どちらにせよ、誰よりも小納戸が気を遣う役目であったことだけはまちがいない。


（角川文庫『武士の職分　江戸役人物語』に収録）

一汁五菜

朝井まかて

朝井まかて（あさい・まかて）

1959年大阪府生まれ。2008年小説現代長編新人賞奨励賞を受賞し『実さえ花さえ』でデビュー。14年『恋歌』で直木賞、同年『阿蘭陀西鶴』で織田作之助賞、16年『眩』で中山義秀文学賞、18年『雲上雲下』で中央公論文芸賞、19年『悪玉伝』で司馬遼太郎賞、21年『類』で芸術選奨文部科学大臣賞と柴田錬三郎賞を受賞。近著に『秘密の花園』、『青姫』などがある。

明かり採りの高窓の下で、伊織《いおり》は真魚箸《まなばし》を立てた。俎板《まないた》の上に置いた鯛《たい》を箸で押さえ、柳葉包丁の刃を立てて鱗《うろこ》を引く。明け六ツの新しい朝陽で、身から離れて散った鱗が光る。

水揚げされた魚は賄方《まかないかた》が日本橋《にほんばし》の魚河岸《うおがし》で姿と大きさを選《よ》りすぐり、城の賄所《まかないどころ》に納めさせたものだ。この料理場に運び込まれる桶《おけ》には海水が張られているので、俎板の上に置いた際はまだ盛大に尾を跳ねさせている。その動きを鰓《えら》の内側に箸を差し入れるようにして止め、手早く鱗を引くのが作法だ。高窓の下で鱗を見る時、伊織はいつも海を思う。波の色を集めたような光り方だ。生きているものが放つ、末期《まつご》の色なのだろうか。

手許《てもと》に気を戻して鱗を手早く端に寄せ、頭を切り落とした。臓物を出して洗い、二枚に下ろす。それぞれに塩を打ち、しかし料《りょう》るのは上の片身一枚だ。頭と骨付きの片身は皮も剝《は》がぬまま、芥溜《ごみため》の竹籠《たけかご》に放り込む。

伊織は足許の桶から次の鯛を引き上げ、また捌《さば》く。

山口《やまぐち》家は代々、江戸《えど》城本丸、膳所《ぜんどころ》の台所人だ。隠居した父の作右衛門《さくえもん》は、表向《おもてむき》の表台所で奉公していた。大樹公《たいじゅこう》の食膳を調進する御役で、台所人は七十人近くいる。大樹公の膳のみならず、宿直《とのい》明けの目付衆《めっけしゅう》や側衆《そば》の朝餉《あさげ》も用意するゆえだ。さらに、出仕する幕閣、諸役人も登城してから朝餉を摂《と》る場合が多いので、飯と汁、煮物などの御菜《おさい》を大量に用意しておく。持参の弁当を遣《つか》う御仁《ごじん》もあるし、飯だけを持参して菜のみ膳所のものを所望する場合もある。

伊織は表向ではなく、大奥の御台様《みだいさま》膳所に奉公している。ここでは朝昼夕、御台様ただ一人のための食膳を調進する。大奥には千人近い女たちがいるが、役人は大奥内の長局《ながつぼね》に住居を与えられており、そこで自前で雇っている女中に飯を用意させるからだ。

伊織は二十三歳で役成《やくな》りしたので、つごう十二年、この料理場で奉公してきた。上役は御台様膳所台所組頭《くみがしら》で、さらにその上に台所頭《がしら》がいる。台所頭は旗本しか就けぬ役職で、若年寄《わかどしより》の支配下だ。

父は台所人であることに、誇りを持っていた。

躰《からだ》に入るものは、しごく大切である。人は何をどう喰《く》うかで、日々を養うのだ。まして台所人は、大樹公と御台様の御前調進を掌《つかさど》る。泰平の世の武士にとって、これは重職だ。

事あるごとに、そう言い聞かされて伊織は育った。

しかし台所人の身分は低く、山口家も朋輩《ほうばい》ら三十人も、御目見得《おめみえ》を許されていない御家人《ごけにん》だ。陰では「刀ではなく、包丁で仕えておる」などと嗤《わら》われていることも、今は知っている。

「山口殿、味見を願いたい」

朋輩に呼ばれ、手を拭《ふ》いてからいったん板間に上がり、さらに竈《かまど》が据えられた土間に降り立った。

御台様の朝膳の献立は二之膳付きの一汁五菜《いちじゅうごさい》と決まっており、そこに香《こう》の物がつく。五菜といえども数種を取り合わせて盛りつける皿もあるので、用意する料理は十品ほどだ。

今日の一之膳《いちのぜん》の口取《くちとり》は鯛の刺身と胡桃《くるみ》の和《あ》え物、金糸《きんし》、昆布、からすみだ。平《ひら》は豆腐の葛餡《くずあんか》掛け、菊花散らし。汁は玉子を割り入れた味噌汁《みそしる》。二之膳の焼魚は竹麦魚《ほうぼう》、壺《つぼ》は煎豆腐《いりどうふ》、そこに御外之物《おほかのもの》として干海苔《ほしのり》を巻いた玉子焼を供する。

伊織は玉杓子《たまじゃくし》で、出汁《だし》を小皿に掬《すく》った。静かに吸い、舌の上で汁を転がす。

「足りぬか」

朋輩が訊《き》いたので、咽喉《のど》の奥で「ふむ」と答えた。

「あともう一摘《ひとつ》まみ。それで、味が引き締まろう」

ただでさえ淡泊な豆腐に掛ける餡であるので、このまま葛をひけば味がぼやけてしまう。

「承知」

朋輩は棚から塩壺を取り出し、蓋《ふた》を取る。

汁物料理の腕の振るいどころは出汁のひき方で、むろん極上の昆布と鰹節《かつおぶし》を用いている。ただ、それだけでは足りない。

塩だ。

仙台《せんだい》、下総《しもうさ》、加賀《かが》、播磨《はりま》など、これも極上品が産地から集められ、諸大名からの献上も多い。その塩の使い方いかんで、材料と出汁を引き立てることも駄目にすることもできる。季節によっての塩梅《あんばい》も大事だ。これから秋が深まって冬に入れば塩味を少々抑え、春から夏にかけて汗をかく時期には徐々に強める。

朋輩は小匙《こさじ》に山盛りにして、差し渡し一尺を超える鍋《なべ》に放り込んだ。御台様ただ一人のための料理だが常に十人前の膳を用意するのが慣《なら》いで、それは公方様《くぼう》でも同じだ。

朋輩の手許に注がれる視線を感じたが、伊織は素知らぬ顔をして小皿を戻した。

いつものことだ。料理場の周囲には目付《めつけ》支配の台所番が数人立っており、見張っているのである。

妙なものを混入せぬか、台所人は常に監視されている。

伊織は後ろに退《ひ》いて水場へと戻る際、微《かす》かに視線を動かした。つかのま目が合うが、相手は決してそらさない。慣れているとはいえ、そして台所番はこれが役目と承知していても、かくも不躾《ぶしつけ》な目を投げられては気持ちがよいはずもない。

伊織は曖気《おくび》にも出さぬが、肚《はら》の中ではいつも吐き捨てている。

毒など盛るわけがないではないか。

これが、我らの奉公なのだ。

父が自らの御役を重職だと言い暮らしていたのも、この遣《や》る方《かた》ない存念があったゆえではないかと気づいたのは、台所人になってまもない頃だ。頼りないほど微かな誇りを手繰《たぐ》り寄せて肚に据えねば、武士としては手に沁《し》みついた魚の生臭さが恨めしくなる。

伊織はもともと口が重い性質であるので、宿直の詰所でもそんな心中を明かしたことはない。まして料理場での談話、目配《めくば》せも共謀を疑われるので禁物だ。ゆえに誰しもが同様に心得てか、黙々と働く。言葉を交わすといえば味を決める時くらいで、朋輩らは迷ったり自信がない場合、伊織を呼ぶ。四、五年前だろうか、大奥を取り締まる女役人、御年寄《おとしより》であった平岡《ひらおか》から味を褒《ほ》められたことがあったのだ。台所人の者共《ものども》、近頃、念を入れての奉公、祝着至極《しゅうちゃくしごく》。

わざわざ品を名指ししての褒詞《ほうし》で、それが伊織の手になる主菜の刺身と焼物、鯉《こい》こくなどの羹《あつもの》であった。むろん御年寄と直《じか》に顔を合わすことなど下端の台所人にはあり得ぬので、御広敷《おひろしき》の役人を通じての伝言だ。

伊織がそれを表立って誇ることはなかったが、やがて朋輩らは伊織の舌を頼りにするようになった。そもそも、膳所には数多《あまた》の役人が働いているというのに味についての差配は誰も任じられておらず、すっぽりと抜け落ちている。上役の組頭は勤番、非番の順を決め、その勤めぶりを掌握するのが役務だ。

それでいつしか「味は、山口に問え」となった。

板場を通り抜ける途中、玉子を割っている朋輩の背後を通りかかった。役成りしてまだ数年の若者、須藤高久《すどうたかひさ》で、裃《かみしも》姿ではあるが見すぼらしい古肩衣《かたぎぬ》で袴《はかま》の股立《ももだ》ちも取っている。伊織と他の台所人も同じく、皆、哀れな出で立ちだ。

玉子の殻は二十ほども笊《ざる》に盛り上げられており、高久は鉢《はち》に入れた中身を箸で溶きほぐしている。白身が残っていては見目が悪く舌触りも落ちるので、この後、いったん溶き汁を濾《こ》して余雑物を除いてから出汁と砂糖を混ぜ入れる。これも伊織が始めた方法だ。

高久は砂糖壺を抱え、迷いもせずに大量に鉢に放り込んだ。

「砂糖を入れ過ぎると焦《こ》げるぞ」

背後から声を掛けると、まず台所番らがこちらを注視した。それは百も承知、料理番同士で言葉を交わす際は疑いを招かぬように明瞭《めいりょう》に話すのを心得ている。高久が顔だけで振り返った。

「塩を加えろ。それで甘味が増す」

御台様は甘い味つけがお好きなのだ。ことに玉子焼は菓子のように甘くすればするほど、「重畳《ちょうじょう》」との言葉が下される。

もう何代も続いている通り、京の公家から輿入《こしい》れされた御台所である。喰い物についてとやかく言わぬ高貴の血筋であられるので、朝夕の膳《ぜん》について「あれが喰いたい、これが厭《いや》」という注文がついた例《ためし》はない。献立が春夏秋冬ほとんど定《き》まっているので、注文のつけようがないとも言える。大樹公の膳も同様だが、城中ではなにしろ禁忌《きんき》の食材が多いのだ。

魚は、鮪《まぐろ》に鰯《いわし》、河豚《ふぐ》と鮫《さめ》、鯰《なまず》や泥鰌《どじょう》、鮒《ふな》と鮗《このしろ》などが禁じられている。鮪は別名をシビと言い、これが耳には死日《しび》と聞こえるので忌《い》む。鮗は切腹を命じられた際に最後の膳で供される魚と決まっており、これを腹切魚《はらきりうお》とも呼ぶので非常に縁起が悪い。河豚はむろん毒を持っているからで、ただ、それを避けるというよりも、「河豚の毒ごときで命を落とすとは、武家にあるまじき」として忌まれる。

貝類は牡蠣《かき》と浅蜊《あさり》、赤貝が禁忌、鳥類は鶴《つる》と雁《がん》、鴨《かも》以外はすべて、獣は兎《うさぎ》以外はすべて禁じられている。青物類は葱《ねぎ》に大蒜《にんにく》、韮《にら》、辣韮《らっきょう》、つくね芋《いも》に莢豌豆《さやえんどう》、若布《わかめ》や鹿尾菜《ひじき》なども用いることができない。

すなわち食中《しょくあた》りを起こしやすいものと縁起の悪いもの、臭いの強いものを避けるしきたりだ。

市中で人気のある天麩羅《てんぷら》や油揚げなど油を用いたものも献立には入らず、御先祖の命日には精進《しょうじん》となるので魚も避ける。ゆえに、献立の幅はおのずと狭くなる。

ただ、好物やお気に召した物は料理場にも伝えられる。御外之物と呼ばれる皿は御台様から格別に所望された料理を指し、大奥内で拵《こしら》えられることもある。大奥にも膳所があり、仲居《なかい》という女料理人が奉公している。

御台様は六年前、十五歳で入輿《じゅよ》されたが、当初は江戸の味に慣れることが難しく、西国《さいごく》の大名が献上した素麺《そうめん》などを仲居にゆがかせていたようだ。だが今は香の物のみ仲居にまかせ、御外之物もこの料理場で調《ととの》えるようになった。

というのも、玉子焼が所望された際、伊織は思い切って甘くし、それを干海苔で巻いてみた。それが殊《こと》の外《ほか》お気に召し、しばしば注文されるようになったのだ。

御台様に限らず、大奥の女らはとかく甘味《かんみ》を好む。朋輩《ほうばい》が誰から聞いたものか、大奥全体で一日に使う砂糖は千斤《きん》に上るらしい。一家五人の御家人の家では十年でも使わない量だ。むろん砂糖が高価なゆえで、自儘《じまま》に甘味、菓子を食せる武家はよほど高禄《こうろく》の家である。

高久は膝《ひざ》を回してこちらを向き、大きな目玉をさらに瞠《みは》るようにして頰《ほお》を紅潮させた。菊月《きくづき》だというのに、鼻の下に小さな汗粒を並べている。

組屋敷の内でもこの須藤家だけが近所で、伊織は高久をごく幼い時分から知っている。一回りも歳下であるので、一緒に遊んでいたのは妹の弥生《やよい》の方だったが。

高久どの、お手合わせを。

身が敏捷《びんしょう》な弥生は武術を好み、両家でたまに潮干狩りに出掛けると、松林の下で盛んに「えい」と枯木を振り回した。おとなしい高久は本当はもっと貝を掘りたいのに無理やり弥生につき合わされ、怖《お》ず怖ずと引け腰で相手をしていた。

両家は松林に布を敷いて弁当を広げたものだ。握り飯と煎蒟蒻《いりこんにゃく》、叩《たた》き牛蒡《ごぼう》、菜花《なばな》の浸しという慎《つつ》ましい献立だったが、それは旨《うま》かった。春だというのに空はやけに澄んでいて、波音も明るかった。

「ご指南、有難《ありがと》うございます」

高久は頭を下げ、立ち上がって棚の塩壺《しおつぼ》に手を伸ばしている。小柄で、まだ頼りない背中だ。肩衣が歪《ゆが》んでいるので、「そのまま動くなよ」と声を掛けてから姿を直してやる。高久がまた礼を述べたが、「さっさと仕上げろ」と伊織は顎《あご》をしゃくった。

俎板《まないた》の前に戻って居ずまいを正し、しばらく寝かせてあった片身の仕上げにかかる。真魚箸《まなばし》で身を押さえ、包丁を持った。刃はいつものごとく念を入れて研《と》いであるので、右肘《みぎひじ》を引くだけですっと身に吸い込まれるように切れる。

朋輩らに言わせれば、伊織の作る刺身はひときわ艶《つや》を帯びているらしい。実際、まったく同じ魚でも断面の具合で見目と味、舌触りも数段上がる。刺身の出来栄えを決めるのは包丁だ。

伊織は片身から五切れを取り、残りを芥溜《ごみため》に捨てた。そして別の片身から、また五切れを造る。つまり毎朝、用意すべき五十切れを十尾の鯛《たい》から取る。

葉蘭《はらん》を敷いた漆《うるし》塗りの嶋台《しまだい》に並べ終え、板間に向かって告げた。

「刺身、上がり申した」

まもなく、方々からも声が上がる。

「焼物、上がり申した」

「汁」「平」「御外之物」

味噌汁《みそしる》や煮物など汁気の多いものは真鍮《しんちゅう》の鍋《なべ》に移し替え、他の料理は嶋台や硯蓋《すずりぶた》に盛る。それらが運び込まれるのは、膳所の詰所だ。

そこに御《お》広敷番之頭《ひろしきばんのかしら》と御用達添番《ごようたしそえばん》の二人が出向いてきて、すべての料理の毒見をする。まず添番が、順に一箸《ひとはし》ずつ口に入れる。次いで番之頭がまた一箸ずつ食していき、終えると箸を置く。両者は膝で真後ろに退き、しばらく互いの顔を見つめる。

万一、毒が盛られていれば顔は色を変じ、もしくは吐く。その様子を互いに確め合うので、傍目《はため》には敵《かたき》同士が腰の物に手を掛けて睨《にら》み合うさまを想起させるほどだ。命を賭《と》しての役儀であるので、当人らにすれば額《ひたい》に脂汗が滲《にじ》んだとて恥にはなるまい。だが、伊織が奉公してからはむろんのこと、父や上役からも「食中《しょくあた》りを起こした」という話すら耳にしたことがない。

ともかく両人は睨み合った末、互いに目礼を交わし、「よし」と認められれば残りの九人前が大奥の御錠口《おじようぐち》まで運ばれる。

そこからは大奥内の仕儀であるので、伊織たち台所人は板間に正坐《せいざ》して一刻《いっとき》ほど待つ。

膳を受け取った女中は大奥内の膳所に運び込み、仲居らが九人前を温め直す。その後、当番の中年寄《ちゆうどしより》がまたすべての皿を毒見する。「よろし」となれば八人前が懸《かけ》盤《ばん》の上に並べ替えられ、そこでようやく一之膳《いちのぜん》、二之膳を決まり通りに盛りつける。御次《おつぎ》が御休息之間《おきゆうそくのま》の入口まで運び、御中臈《おちゆうろう》が着替えたばかりの御台様の前に膳を置く。

給仕には、御年寄がつくのがしきたりだ。今の御年寄の中で最も力のあるのが梅《うめ》村《むら》で、昨年、平岡の隠居に伴って中年寄から昇進した。歳は三十半ばと聞いているので、伊織とほぼ同じ歳頃だ。しかし貫禄《かんろく》のほどには天と地の開きがある。もともと美貌《びぼう》で知られた梅村は才知にも優れて大樹公夫妻の信頼が厚く、その権勢は早や前任の平岡をしのいでいるらしい。

膳の上には柳箸が二膳用意されているもので、御台様用と御年寄用だ。昔、上役から聞いた話では、御台様の膳の向かいに坐した御年寄が焼魚などの身を毟《むし》り、取り皿にのせて御台様に供するようだ。

日々の給仕については梅村が独占して務めているらしく、それによって御台様との親密を大奥に示しているとの穿《うが》った見方もある。

御台様が一口召し上がれば、梅村は下座に控える御中臈にこう告げる。

「お代わりぃ」

御中臈は後方の次之間《つぎのま》に控える御次に、その命《めい》を伝える。

「御魚《おまな》のお代わりぃ」

皿ごと新たなものに替えられ、御台様はそれをまた一口だ。三度お代わりするのは作法に反するので、焼魚は三口食しただけで目前から下げられる。刺身や他の皿、好物の玉子焼も同様で、給仕の梅村の差配するままに朝餉《あさげ》は進む。自ら器を持たれるのは汁物と飯だけだ。

膳所で温め直したとて、一汁五菜のすべてが冷めきっているだろう。しかし御台様は淡々と召し上がるようだ。何をいかほど食されたかは御中臈がすべて控え、書付《かきつけ》は奥医師にも見せるようになっている。あまりに食が進まぬ場合は御広敷に不服の意向が伝えられ、膳所や賄方の責が問われることもある。むろん台所人も叱責《しっせき》を免れない。それを御台様も承知で、いつも決まった量を召し上がるのである。

城中では、この「いつもの通り」が最も大事だ。常ならぬ事は決してあってはならない。

膳の残りの六人前は料理場に戻ってくるわけではなく、御年寄や当番の御中﨟の腹の中におさまる。これも毒見、そして味検《あらた》めを兼ねている。さらには役得でもある。上級の女役人らは朝昼夕、八ッ刻《どき》の茶菓子に至るまで自前で用意する必要がない。

大奥の女中はただでさえ高禄で、御年寄ともなれば五十石取り、合力金《ごうりききん》と称す衣装代は六十両、扶持米《ふちまい》も十人扶持《ぶち》と聞いた。さらに炭や薪《まき》、湯之木《ゆのき》、油や五菜銀《ごさいぎん》と、じつに手厚い。五年前だったか長局から火が出て、焼けた部屋の者が火事で失った金子《きんす》の額を申し出る事態になったことがある。その際、皆、当たり前のように四、五百両は貯《た》めていたことが表沙汰《おもてざた》になった。

次は、おなごに生まれたいものよ。

朋輩《ほうばい》らは渋苦い面持ちで嘆息していた。女であればたとえ武家に生まれずとも、己の才覚でのし上がれる可能性がある。その唯一《ゆいいつ》の場が大奥だ。

台所頭が戻ってきて組頭に書付《かきつけ》を渡し、「よし」と伝えた。組頭は辞儀をして台所頭を見送る。その後、身を返して板間の上座に進み出、皆を見回した。

「ご苦労であった」

台所が一斉に安堵《あんど》の息をつく。本日の朝膳も滞りなく済んだようだ。組頭は手にしていた書付を開き、さらに言葉を継いだ。

「今朝《けさ》も美味であったと、梅村殿も御満悦の由《よし》。ことに御台様は、平と御外之物をお歓《よろこ》びであったそうだ」

板間から立ち上がった際、朋輩が嬉《うれ》しげに目を細めて伊織に会釈《えしやく》をした。豆腐の葛餡《くずあん》掛けを用意した朋輩だ。伊織も目顔《めがお》で返す。さらに高久も寄ってきて、頭を下げた。

「おかげさまで、焦がさずに済みました」

「あれしき、礼には及ばぬ」

「今日、この後は非番にござりましたな」

首肯した。昨日は宿直の番であったので夜は詰所に泊まり、今日の昼からと明日《あした》は非番だ。

「手前は当番にござりますゆえ、お預けしてもよろしゅうござりますか」

「むろんだ。家でよいのか」

「はい。今日のものは外に回さず、手前どもで」

「心得た」

嶋台や硯蓋、鍋は膳所で綺麗《きれい》に洗ってから戻されるので、台所人は持ち場を片づけにかかる。掃除は専任の小間遣いがおり、これも低い武士身分だ。

伊織は俎板《まないた》を洗って干し、包丁を研ぐ。そして芥溜《ごみため》の中の物を紙で包み、さらに油紙で包んだ。鯛《たい》十尾分の頭と骨付きの片身、さらに刺身を取った後の半身もある。これを炭の空き俵《だわら》に入れておけば、小間遣いが本物の芥と共に城外に運び出す。

そのまま処分するわけではない。門前で待つ商人の手によって、市中の仕出し屋や賄屋《まかないや》に転売されるのだ。近頃は人の多い日本橋から離れた地、向島《むこうじま》や本所《ほんじょ》、深川《ふかがわ》などにも料理屋が増えており、買手に困ることはない。商人は手間賃を差し引き、月末にまとめて役宅に金子を届けにくる。

ゆえに伊織は鯛の頭を大きめに落とし、刺身も一尾から五切れしか取らない。身をたっぷりとつけた頭や骨皮付きの片身を市中に回してやれば、何軒もの料理場で潮汁《うしお》や兜煮《かぶとに》、湯引きが作れる。

他の台所人も、鰹節《かつおぶし》や昆布、竹麦魚《ほうぼう》やからすみなどを黙々と包んでいる。

鰹節も、包丁の扱い次第で役得が大きい。包丁の刃を立てて薄く一片一片を削るのだが、その余りは木箱に戻さずに捨てて転売する。魚の頭や片身は夏などたちまち傷《いた》むが、鰹節や昆布はその心配も無用だ。ゆえに料理場では不公平にならぬよう、持ち場を順に代わることになっている。

高久もせっせと玉子を紙で包み、竹籠《たけかご》に詰めている。さきほど預かってくれと頼まれたのは玉子のことで、今日は自家で使うつもりらしい。

着服、横流しの仕儀は組頭や台所頭も知っているが、見て見ぬふりを通している。あまりにも古い慣いなのだ。台所人はこの裏稼ぎがないと一家を養っていけぬ。

山口家の役高は四十俵扶持、役金は十両のみだ。妻に子供が二人、隠居した父の五人暮らしで、妻の腹にはまた赤子がいる。役得がなければ、身内が干上《ひあ》がる。

さらに言えば、組頭や台所頭らもまた別の役得を持っている。下手《へた》に騒げば己の足許《あしもと》から煙が立つ。その最たるものが賄方と結託しての仕入れで、必要以上に材料を仕入れてそれを横流しする場合もあれば、御用達《ごようたし》を願う商人からの接待、音物《いんもつ》も頻繁《ひんぱん》だ。

料理の最中にはあれほど目を光らせている台所番は、片づけの際にはとうに姿を消している。職務は毒に関してだけであって、不正を摘発する任ではないからだ。

伊織は袴《はかま》の股立《ももだ》ちを元に戻した。高久を呼ぶ。

「ただいま」躰《からだ》を左右に揺らせて小走りし、伊織の前に立った。押しつけるようにして四つの包みを渡す。匂いから察して、二つは玉子焼だ。

「少し焦げてしまいましたが、お子らにも」

屈託のない笑みを泛《うか》べている。

「玉子の巻き方に自信がなかったので、朝から随分《ずいぶん》と作ったのです」

「習練したのか」

「習練と申すにもお恥ずかしい出来栄えです。玉子も包んであります」

「かたじけない」

貧しい暮らしを営む家同士、着服したものもこうして融通し合っている。玉子も砂糖ほどではないがやはり高価であるので、尋常であれば滅多と口にできぬ品だ。

伊織は詰所で包みをさらに別々に風呂敷《ふろしき》でまとめ、腰に二本を差す。

「お先に失礼つかまつる」

朋輩らと互いに挨拶《あいさつ》を交わし、広敷御門《ひろしきごもん》から外に出た。若党《わかとう》が門前に迎えにきており、小腰《こごし》を屈《かが》めている。

「ご苦労様にござりました」

「須藤、まだか」

頭を上げた若党に風呂敷包《ふろしきづつ》みを渡す。いかな軽輩の武士といえども、浪人者でない限り一人歩きはしないものだ。包みも自身では持たない。

「玉子であるゆえ、気をつけて持て」

「へい」

「須藤家への届けものと、こなたで頂戴《ちょうだい》するものもある」

「かしこまりました」

しばらく北へと急いで曲輪《くるわ》を抜け、平川《ひらかわ》御門から市中に入る。さらにいくつかの橋を渡り、浅草《あさくさ》御門を抜けた。浅草御蔵《おくら》の前を北へ進み、諏訪町《すわちょう》の角を曲がって路地に入る。若党も黙って従《つ》いてくる。

やがて細い石段が右手に現れ、伊織はいつものごとく足早に登る。五十段ほどを上がると境内《けいだい》だ。小さな寺だが、ここが山口家の菩提寺《ぼだいじ》である。

古い欅《けやき》の枝が何本も屋根を蔽《おお》い、まるで木の中をくりぬいて御堂《みどう》を造ったかのようだ。江戸の秋にしては今日は風がなく、境内の小石を照らす秋陽は暖かい。時々、古木が思いついたように葉を降らす。黄金《こがね》色の葉は石塔を撫《な》で、伊織の行く手を舞う。

御堂の裏手に回って庫裏《くり》に入った。住職が気づき、目を上げた。伊織は軽く頭を下げ、すぐさま板間の端に上がった。膝《ひざ》をつき、腰の大小と肩衣《かたぎぬ》を外す。袴の紐《ひも》を解き、足許に落としたものを若党が畳んでゆく。若党が懐《ふところ》から出した風呂敷で肩衣と袴を包んでいると、住職がその前に静々と近寄ってきて腰を下ろした。

若党が差し出した風呂敷包みを受け取って膝脇に置き、伊織の大小は手にした袱《ふく》紗《さ》で受け取る。

「よろしくお願い申します」

頭を下げると、住職は「お預かり申す」と頷《うなず》く。

住職は台所人という役儀について、多少は心得てくれている。いったん役宅に戻れば着替えて大小も置けるが、丸腰の着流し姿で外に出るわけにはいかぬのだ。同役の者らが住む組屋敷とはいえ、やはり人目に立ち過ぎる。

庫裏を出て、石段を駈《か》け下りた。

「行っておいでなさりませ」

若党と左右に別れる。若党は来た道を引き返して小川町《おがわまち》の役宅に帰る。伊織は隅《すみ》田川《だがわ》沿いに北へと走り、吾妻橋《あづまばし》を渡った。

冬、今日も着流し姿で亀戸村《かめいど》の伊勢留《いせとめ》へと向かった。

息を整えてから裏木戸を押し、身を入れる。伊勢留は老舗《しにせ》ではないが、客筋の良さで知られる料理屋だ。近くに梅の名所である梅屋敷があり、舟で亀戸天神に参詣《さんけい》した通人《つうじん》が立ち寄ることも多い。

油障子《あぶらしょうじ》を開け放った裏口の前には、若い衆がずらりと輪になって屈んでいる。井戸の前で里芋を洗う者、皮を剥《む》いている者もいる。

「よッ、伊吉《いき》っつぁん」

何人かが顔を上げた。

「遅《おせ》ぇよ。毎度だけど」

「すまねえ。朝の客で時を喰《く》っちまってな」

御台様の朝膳《あさぜん》を調進してからこの店に入るので、いかほど急《せ》いても昼四ツにはなる。

「魚が主《ぬし》さんを待ちかねて、躰がのびちまったい」

伊織はにやりと口の端を持ち上げ、「太刀魚《たちうお》かい」と訊《き》いた。

「そう。今日は秋刀魚《さんま》もいいよ。ぴかぴかしてやがる」

何人もが囃《はや》すように言い立てる。

「そういや、公方《くぼう》様ってのは鯛の一本鎗《やり》らしいな。秋刀魚は喰わねえらしい」

「何で。滅法、旨《うめ》ぇのに」

「知らねえよ。おいら、筋金入りの長屋育ちだ」

秋刀魚も、城中では下魚《げざかな》の扱いだ。おおむね、長いものや背の青い魚は上《うえ》つ方《かた》は口にしない。

伊織は若い衆の話を聞き流し、料理場に入った。竈《かまど》は三つで、魚を捌《さば》く水場が広く取ってある。板間では料理人が三人、脚付俎板の前に坐《ざ》して小包丁を揮《ふる》い、あるいは鉢を足で挟んで擂粉木《すりこぎ》を遣っている。

「遅くなりました」

伊織は腿《もも》に手を置いて頭を下げる。

「よう」と三人は頷いて返す。

「今日の秋刀魚はことさら脂《あぶら》がのってるぜ」

「らしいですね。今日は有馬煮《ありまに》ですか」

「お見通しだな。親方の有馬煮に伊吉っつぁんの刺身がありゃあ、天下が取れる」

伊織は苦笑いを零《こぼ》し、「親方は」と訊《たず》ねた。

「奥だ。女将《おかみ》さんに呼ばれなすったんで、献立の相談だろう」

一人が言うと、擂粉木の爺《じい》さんが顔を上げた。

「離屋《はなれ》に上客のご到来だってよ。で、献立も格別にするかってぇんで、お悩み中だ。伊の字、早《はえ》えとこ助太刀してやんな」

「へい」と笑いながら答え、水屋の抽斗《ひきだし》を引いた。自身の細布で襷《たすき》を掛け、左胸の上できっちりと結ぶ。

伊織の本職を知っているのは、ここの女将と親方だけだ。宿直明けの半日と、翌日の非番の日に通っている。むろん、一家の暮らしの足らずを補うためだ。この店は元は先輩が勤めていた店で、隠居に伴って後を譲られた格好だった。贔屓《ひいき》客には大身《たいしん》の旗本や大名もいるので、武家の好みを知っている台所人が一人いれば何かと重宝らしい。

むろんこの裏稼ぎも露見すれば膳所を追われ、よくて小普請《こぶしん》入り、悪ければ召し放ちになる。しかし微禄《びろく》の御家人で内職と縁の切れる家はなく、近頃は筆を持って絵師や戯作者《げさくしゃ》の真似事《まねごと》をしたり、役宅の敷地に家を建てて間貸ししている者もある。そのおおかたは目溢《めこぼ》しされているのが実情だ。目付の衆もそこまで目くじらを立てるほど暇ではないのだろう。

店の者らには、伊吉は一人で賄屋《まかないや》を営んでいることになっている。江戸藩邸に詰める勤番侍《きんばんざむらい》が主な客で、弁当を拵《こしら》えて藩邸内の御長屋に運ぶ稼業だ。しかしそれだけでは喰えぬので、伊勢留で働かせてもらっているという筋書きだ。

初めは町人の物言いに四苦八苦したが、武家相手の商いであるということで誤魔《ごま》化《か》してきた。当時の料理人の中で残っているのは親方だけで、この五年の間によその料理屋に移ったり、自身で煮売り屋や一膳飯屋《いちぜんめしや》を始めると言って辞めた者もある。

板間から一段上がると、板敷の廊下になっている。内暖簾《うちのれん》を潜《くぐ》り、奥へ進んだ。

「おや、伊吉っつぁん」と、向こうから女中に声を掛けられた。

「ちょうどよかった。今、料理場を見てこいって言われたとこさ。女将さんと親方がお待ちかね」

「へえ」

「あたしも待ってたよ」

流し目をくれるが、気づかぬふりをした。女中らにとっては挨拶《あいさつ》のようなもので、一々、応《こた》えていてはかえって野暮《やぼ》になる。廊下をさらに進み、奥の前で膝を畳んだ。ここも襖《ふすま》が引かれたままで、柿色に梅鉢紋《うめばちもん》を白く抜いた内暖簾が掛かっている。

「伊吉です。遅くなりました」

「ああ、お出ましだ。入っとくれ」

中に入ると、正面の神棚の下に女将が坐《すわ》っており、長火鉢をはさんで手前に親方がいる。

女将はいつも銀髪を高く結い上げ、くっきりと紅《べに》を引いている。元は柳橋《やなぎばし》の芸者であったらしく、七十を前にしてまだ粋《いき》な風情がある。親方は五十過ぎの胡麻塩頭《ごましおあたま》で、煮物をやらせたら江戸一ではないかと思うほどの腕前だ。

江戸城膳所にも腕の秀でた台所人は大勢いるが、その腕のほどは市中の料理人と比べようがない。台所人は、献立と仕入れに関わらないのである。前日のうちに大奥の女役人と御広敷の賄方との間で献立が取り決められ、書面で台所組頭を通じて命じられる。

賄方は材料の仕入れを受け持つ役所で、魚に青物、水菓子、塩、味噌《みそ》、酒と、御役が分かれている。いつの時代からかは知らないが、非役の幕臣があまりにも増え、そこで御上《おかみ》は奉公する場を作らざるを得ず、一人で済む御役を細かく分けたのだ。商人と格別の交誼《こうぎ》を結ばぬよう、贈収賄を防ぐ目的もあるらしい。

その賄方の下役らが仕入れたものが朝夕、城内の料理場に運び込まれる。台所人はそれに従って料るだけだ。

「さっそくだが献立を見てくんねえ」

腰を下ろすなり、親方が身を開くようにして場を空け、手招きをした。

この裏稼ぎの場では包丁扱いを頼りにされ、こうして献立について思案を求められることもある。初めは戸惑うばかりであった。なにしろ、吟味《ぎんみ》して仕入れた材料に合わせて献立を考えるなんぞ、したことがない。己の考えで工夫し、変化をつける、その日の天気に合わせて味を加減する。そんなことが腕として評価されるなど、思いも寄らぬことだった。今では、親方に「そろそろ秋刀魚ですか」と言っておけばそれを仕入れもしてくれる。

伊織はこの伊勢留で初めて、本物の台所人になったような気がする。親方の料理を目で盗み、城内の料理場で活《い》かしたことも数知れない。

朝膳の平もその一つで、以前は煮豆腐に出汁《だし》を掛けただけのものだった。しかし秋になれば朝が冷えるので、出汁に葛《くず》をひいて餡《あん》に仕立ててみた。菊花をさっと湯通しして彩《いろど》りも添えた。

それを前の御年寄、平岡が大いに歓《よろこ》んだ。以来、九月以降の豆腐は葛餡で仕上げるようになり、今は大樹公の膳所でも同様にしているようだ。しきたりからの逸脱を最も厭《いと》う膳所の風儀が、わずかながらも変わった。

それには、当時の平岡の力が絶大であったことも作用している。大奥の費《つい》えが莫《ばく》大《だい》であるため質素倹約令を盾《たて》に大鉈《おおなた》を揮《ふる》おうとした老中は、その座を追われたほどだ。しかし齢《よわい》六十を超えた昨夏、平岡は病を得て隠居を余儀なくされた。今は、奉公から退く際に賜《たまわ》った市中の屋敷で療養しているそうだ。

「今日の昼前に先触れがあってね。大変な上客なんだ。離屋《はなれ》にお通ししようと思ってんだけど」

女将が火鉢越しに説明する。

「人数はいかほどで」

「五人様。ちょくちょくお見えになる丹後屋《たんごや》さんが、ご贔屓をお連れになる」

丹後屋は日本橋の菓子商で、公儀御用達だ。

「旦那《だんな》と番頭、それからおつれになるお客が三人様。八ツ頃には着到されて、夕七ツにはここをお出になりたいらしい」

随分と慌《あわ》ただしい客だ。

伊織は膝《ひざ》で前に進み、畳の上に置かれた紙を手に取った。献立に目を走らせる。向付《むこうづけ》として平目《ひらめ》の湯引きに竹麦魚《ほうぼう》の昆布〆《こぶじめ》、椀《わん》は平目のすり流し、焼物は太刀魚の黄味焼き、強肴《しいざかな》は蕪蒸《かぶらむ》しとなっている。

少し不思議な気がした。秋刀魚《さんま》のいいのが入っていると耳にしたが、献立にまったく入っていない。

「どうだ、伊吉」

伊織は紙を手にしたまま顔を上げた。

「秋刀魚の有馬煮は、お入れにならないんで」

「いや、そこが思案のしどころだあな。むろん気持ちとしては膳《ぜん》に上げたいが、女客だもんで迷っちまってなあ」

胡麻塩《ごましお》の頭を掻《か》いている。もしやと思ったら、女将《おかみ》が目を合わせてきた。

「代参《だいさん》のお帰りに、休みがてらお立ち寄りになるんだよ」

「代参。やはり大奥の御女中ですか」

「そういうこと」

大奥で奉公する女は気儘《きまま》に外出などできないが、御台様の「代参」で寺に詣《もう》でることがある。むろん身分の高い女中に限られているが、その帰りに歌舞伎芝居《かぶきしばい》を見物して羽を伸ばすことは市中でもよく知られている。

なるほど、ちょうど十一月の顔見世《かおみせ》興行が始まったばかりだ。丹後屋は芝居茶屋を使わず、伊勢留でのもてなしを思い立ったらしい。

「急な話なんで一汁五菜を調えずともよい、気の利いた肴があればいい、何なら茶漬だけでもいいって番頭さんはお言いだけど、はい、さいですかって茶漬だけお出しするわけにもいかないよ。こっちだって、暖簾がある」

女将は片眉《かたまゆ》を上げ、煙管《キセル》の火皿に刻みを詰め始めた。

「せめて、何日か前に知らせといてくれりゃあいいのにさ」

無理難題を押しつけられたと言わぬばかりの面持ちだ。伊織も何となく引っ掛かりを感じたが、ともかく献立を決めねば支度《したく》にかかれない。八ツには着到するのだ。他の客もあるのに、時間はあと二刻を切っている。

「親方、秋刀魚の有馬煮を主菜にしましょう」

言うと、親方は目をすがめる。

「秋刀魚はだめじゃねえのか。上つ方では下魚なんだろう」

「いや、なますの一品にして供《きょう》します」と、声を強めた。再び紙に目を落とし、思案を口にしてゆく。

「向付は秋刀魚のなますと太刀魚の刺身、椀は平目のすり流しでいいとして。焼物はいっそ、茄子《なす》の蒲焼《かばやき》にしませんか」

茄子を鰻《うなぎ》に見立て、甘辛い味をつけて焼き上げる一品だ。親方は伊織の料簡《りょうけん》を読んでか、「なるほど」と小膝《こひざ》を打った。

「禁忌尽くしか」

「さようです」

代参に出してもらえる女中となれば、御台様の膳のお流れを頂戴《ちょうだい》する身分だ。つまり毎日、何を喰《く》っているか、伊織には手に取るようにわかる。

せっかく料理屋でもてなしを受けるのだ。本膳《ほんぜん》料理ではなく、ふだん口にできぬもの、すなわち市中の味こそが舌に珍しいはずだ。粉山椒《こなざんしょう》をたっぷりと振った有馬煮に蒲焼、秋刀魚や太刀魚。いずれも江戸の町人が好んで食べる料理だ。

刺身には生姜醤油《しょうがじょうゆ》、雲丹《うに》醤油の二種を添える。

「なら強肴《しいざかな》はつくね芋をたんとすり下ろして、薯蕷《じょうよ》蒸しにしてやるか」

親方も身を乗り出している。

「そいつぁ、いい。いっそ椀はやめませんか。品数はさほど多くなくてもいい」

「そうだな。その代わり、薯蕷蒸しに海老《えび》を刻んで入れるか」

俄然《がぜん》、色合いが良くなった。仕上げに三ツ葉を添えれば、薯蕷の白に海老の赤がさらに引き立つ。二人で頷《うなず》き合うと女将がようやく気づいてか、「ちょいと」と煙管で二人を指した。

「お前さんがた、危ない真似はよしとくれよ。わっちの首が飛んだらどうしてくれる」

「骨は拾いやす」

親方が芝居めいた口調で請け合うと、女将が煙を盛大に噴き出した。

初めは恐る恐る離屋に料理を運んでいた女中らも、料理場に皿を引いて持ってくるたび威勢が良くなった。

「凄《すご》い食べっぷりだよ。ほら」

見事なほど、食べ残しがない。親方は満足げに頰を緩め、他の料理人らも「よし」と呟《つぶや》く。

伊織にとっては、客の手応《てごた》えも伊勢留で初めて味わうようになったものだ。城内では何事も仄聞《そくぶん》でしかなく、とくに女中らが何の皿をどう感じたかはまったくわからない。しかしここでは、客の満足、不満足が女将や女中から細かく伝わってくるし、なにより戻ってきた皿で一目瞭然《いちもくりょうぜん》だ。

少し箸《はし》をつけて食べ散らしたものは味が気に入らず、一箸もつけていないものは材料そのものが嫌いである可能性がある。常連客の中には親方を座敷に呼び、褒めたり叱《しか》ったりしてくれる人がいる。

酒はあまり進んでいないようだが、それは気にならない。もてなす側の丹後屋の主《あるじ》と番頭が痛飲するわけもなく、女中らも酒臭い息で城に帰るわけにはいかないだろう。それでも徳利《とっくり》が七本、八本と空き、茄子の蒲焼も綺麗《きれい》に空になって戻ってきた。

「どうだ、御女中らはやっぱ、すこぶるつきの別嬪《べっぴん》か」

若い衆が女中に訊《き》いている。

「それがわかんないんだよ。離屋までは御高祖頭巾《おこそずきん》をかぶったままだったし、座敷では次之間《つぎのま》に番頭さんが陣取って膳を受け取っちまう」

「何だ、つまんねえ」

「けど、襠《うちかけ》の豪勢なことと言ったら。世の中には、あんな綺麗なものを着て一生を過ごすおなごもいるんだねえ」

熱いような息を吐く。

伊織は炊き立ての飯を手ずから茶碗《ちゃわん》によそい、折敷《おしき》に置いた。城中の膳所では水から炊いた米を蒸すのがしきたりで、さらに大奥の中で温め直す。決して旨いとは言えない代物だ。まだ湯気の立つ白飯に、香の物は大根の摘み菜の塩揉《しおも》み、昆布の旨煮を盛り合わせ、さらに汁方《しるかた》の爺《じい》さんが葱《ねぎ》を薄く刻んで散らした蜆汁《しじみじる》を仕上げた。蜆も葱も、城中では禁忌の材だ。

「よし、持ってけい」

親方の合図で、女中らが次々と廊下を進む。

「足音、今日はやけに静かだな」

爺さんが呟くと、若い衆が笑った。

「大奥の御女中のおかげで、ちったあ品よくしてんじゃねえですか」

「いつもこうだといいんだが」

「そいつぁ無理な相談だ。うちの女中らときたら、一晩寝たら何でも忘れますぜ。男に振られようが女将さんに泣くほど叱られようが、次の日はけろりとしてやがる」

若い衆はとかく噂《うわさ》好きで、ことに下拵《したごしら》えの際は作業が単調であるので、手を動かしながら芝居や女の話をする。その点は、大奥の料理場とは全く異なる。料理をしながら喋《しゃべ》っては息が掛かり、それは畏《おそ》れ多い仕業と看做《みな》されるのだ。ゆえに新参者はまず、呼吸の整え方を教えられる。

「おい、しゃべくってねえで手ぇ動かせ。客は大奥だけじゃねえんだぜ。今夜は松《まつ》仁《じん》のご隠居に、八丁堀《はっちょうぼり》の旦那《だんな》もお越しになる。気を入れてかかりやがれ」

親方は常連の名を口にして一喝した。一斉に肩をすくめ、持ち場に戻っていく。

伊織はその松仁の好物である鴨《かも》を捌《さば》いている。皮と身に分け、酒と塩をすり込んでから半刻ほど置き、醬油のつけ焼にする。根深《ねぶか》も焦げ目をつけ、同じ皿に盛りつける品だ。

身に塩をなすりながら、胸の裡《うち》で反芻《はんすう》した。

一晩寝たら何でも忘れる、か。

兄上。

弥生の声が甦《よみがえ》り、思わず手を止めた。幼い頃の明るい声だ。幼馴染《おさななじ》みの高久をやり込めていた、闊達《かったつ》な姿も浮かぶ。

あの頃は母上もお元気だった。皆が揃《そろ》っていた。

弥生は十二歳で、母方の遠縁の旗本家に養女に入った。先方から望まれた話で、両親は一も二もなく承諾した。しがない台所人の娘であるよりは旗本家の養女になった方が運も開けよう、嫁ぎ先にも恵まれようとの料簡である。

高久はふだんは苛《いじ》められていたというのに随分と心細げな顔をして、弥生が山口家を出る朝も、ぽつりと見送りの列から離れて立っていた。伊織と目が合うと怒ったような目をして、どこへともなく走り去った。鼻の先が赤かった。

「伊吉っつぁん」

呼ばれて、目を上げた。女中が暖簾《のれん》から顔を出している。

「女将《おかみ》さんがお呼びだよ。すぐに来とくれって」

「へい」

親方の方を振り向くと、「ん」とばかりに顎《あご》をしゃくる。鴨を折木《へぎ》の上に置き、乾かぬように布巾《ふきん》をかける。手早く手を洗い、板間から廊下へと上がった。奥に進むと、女将が途中で待ち構えていた。

「伊吉、こっちだよ」

袂《たもと》を押さえ、右手の広縁を指す。障子が引かれており、小体《こてい》な中庭が見える。梅の数本の合間を縫うように飛び石が畳まれ、周囲は丹精された苔庭《こけ》だ。広縁の際《きわ》は南天《なんてん》に隈笹《くまざさ》、艶蕗《つわぶき》の群れで、沓脱石《くつぬぎいし》には足駄《あしだ》が揃えられている。

伊織は女将を見返した。

「まさか、離屋ですか」

「そうだよ。今日の献立をお気に召してさ、是非とも料理人を呼んでほしいとおっしゃってる」

「では、親方を」と踵《きびす》を返すと、後ろから袖《そで》を引かれた。

「あんたじゃないと駄目だって。お名指しなんだ」

啞然《あぜん》として女将を見下ろした。

「わっちは喋ってないよ。喋るわけがない」

「では、なぜ」

「知らないよ。ともかく、この味は御台様膳所《ぜんどころ》の台所人、山口伊織の手になるものに違いないと、お連れが仰せらしい」

一度の膳だけで台所人を特定できるわけがない。だいいち伊織一人で作ったわけではなく、急《せ》いてもいたので腕のある者が総出で関わったのだ。

「丹後屋の旦那と番頭が引かないんだよ。わっちの部屋にいきなり捻《ね》じ込んできて、ともかく料理人を呼べってえ強談判《こわだんぱん》だ。ここは、わっちの顔を立てておくれな」

いつもは強気で鳴らしている女将が拝み手までする。

いったい誰だ。大奥の女中の誰が、何の目的で伊勢留にまでやってきた。

「山口さん」女将は紅《あか》い唇《くちびる》から嘆息を洩《も》らした。

「あんたはもう、伊勢留には欠かせないお人だ。親方もそう思ってる。いずれあんたに後を引き継いでもらえないかって言ってるほどだ。けど、素性を知られちまってるんだよ。臍《ほぞ》を固めな。相手がどなたさんかは知らないが、ともかく会ってみるしか法はない」

伊織はようやく肚《はら》を決めた。女将に向かって頭を下げる。襷《たすき》を外しかけ、しかしあえてこの姿のままで行くことにした。

息を整え、広縁から下りた。

茅葺《かやぶき》で田舎《いなか》風に拵《こしら》えた離屋の前に立ち、訪《おとな》いを告げる。まもなく戸障子が引かれ、羽織袴《はおりはかま》の男が顔を見せた。

「お入りください」

慇懃《いんぎん》な物腰で、中に招じ入れられた。三和土《たたき》で足駄を脱ぎ、囲炉裏《いろり》のある板間を抜けると中庭に面した濡縁《ぬれえん》になっている。これまでここに足を踏み入れたことはなく、男の後ろを従《つ》いて歩くだけだ。

障子の前で男は膝《ひざ》を畳み、「お着きになりました」と中に声を掛けた。

「入っていただきなさい」

また男の声だ。中に入ると、三畳の次之間だ。正面の襖《ふすま》は閉《た》てられており、その向こうが座敷であるらしい。ここまで案内してきた男は一緒に入ってこず、濡縁から動かない。いわば出口を塞《ふさ》がれた格好だ。

声の主であるらしい男に「どうぞ」と勧められ、伊織は黙って腰を下ろした。

「手前、菓子商いを営んでおります丹後屋清兵衛《せいべえ》にござります」

菓子商らしからぬ痩《や》せぎすで、頭は半白だ。愛想のよい笑みを泛《うか》べてはいるが、伊織を値踏みするような目を投げてくる。

香の匂いが濃い。座敷から漂ってくるようだ。

対座する相手に眼差《まなざ》しを戻した。それを掬《すく》うように、丹後屋が口を開く。

「山口伊織様にござりますな」

黙って相手を見返す。

「結構な御膳《ごぜん》にござりました。さすがは、御台様膳所のお台所人であられます」

「用向きに入っていただこうか。大奥の門限は暮れ六ツだ。ここで時を喰《く》えば、座敷におられるお歴々がお困りになろう」

丹後屋の目鼻に笑みが張りついた。咳払《せきばら》いを落とし、背筋を立て直している。

「山口様に折り入って、お願いしたき儀がござります」

伊織は目を閉じ、次の言葉を待った。

「ある御方の振舞いがあまりに専横、僭越《せんえつ》を極め、由々しき事態になっております。これまで様々な筋をお通しになりまして言動を慎《つつし》むようお促《うなが》しになりましたが、後ろ盾の力をお恃《たの》みになり、一向にお聞き入れになりませぬ。つきましては、山口様に格別のお骨折りをいただきたく」

伊織は目を開けない。

「いかがでございましょう。少し弱らせて、奉公が続けられぬよう仕向けていただくだけで結構なのです」

「何を言うておるのか、まったく解《げ》せぬが」

言葉尻《ことばじり》を遮《さえぎ》った。

「不穏な申し出であるということしか、わからぬ」

「お察しくださりませ。今、権勢を揮《ふる》いに揮っておられる御方にござります。平岡様が退かれた後は、あの御方しかおられぬではありませんか」

伊織は瞼《まぶた》を薄く持ち上げた。思わず唸《うな》り声が洩れる。丹後屋の言が、大奥を取り締まる御年寄の梅村を指していることは明らかだ。

「それがしに、毒を盛れと指図《さしず》なさるか。それができぬ料理場であることは、大奥の御方なら先刻ご承知のはずだ」

襖の向こうに聞こえるように声を強める。

「さようなことなら、配下の女中を買収されるがよい。もしくは長局の女中だ。酒か茶にでも、隙《すき》を狙《ねろ》うて盛らせればよかろう」

衣擦《きぬず》れの音がして、また強い香りが漂ってくる。伊織は座敷の気配に耳を澄ました。

「あの者らは忠心が強うて、働きかけるだけでこなたが危ない」

御高祖頭巾《ずきん》をつけたままであるのか、くぐもった声だ。

伊織はまた黙し、誰だと考えた。

梅村を疎《うと》んじ、消したいと願う者は、誰だ。

「あの御方は町家の生まれゆえ、人心を惑わす術《すべ》に長《た》けておるのよ」

梅村は御台様付の御中臈から奉公を始めたゆえ京の公家の出だということになっているが、真《まこと》は江戸の町人の娘に過ぎない。それは誰もが知っていることだ。名家にいったん養女に入ることで後々の出世も変わるので、奉公に上がる前に出自《しゅつじ》を作る。

梅村の場合、本来なら御中臈にもなれぬ身分だった。しかし才覚によって御中臈となり、平岡の引きによって異例にも中年寄となった。そしてついに御年寄にまで上り詰めたので、さらに出自を作り直したのである。

この女中らは御台様の代参帰りだとの触れ込みであったが、どうやら違うようだと伊織は思った。御台様に仕えている一派ではなく、おそらくあの御方の手の者だ。

「英祥院《えいしょういん》様が、かように仰せか」

声を低めて訊《き》いた。座敷は何も答えず、衣擦れの音もしない。

そうか、英祥院はいまだに梅村を恨んでいるか。

英祥院は前《さき》の将軍の側室で、今の大樹公の生母である。たしか小禄《しょうろく》の旗本の娘で、公方《くぼう》様付の女中となり、お手がついた。夫君が薨去《こうきょ》した後は髪を下ろして将軍生母が住まう部屋に引き移ったが、当時はまだ三十半ばであった。やがて酒癖の悪さが料理場にまで聞こえてきた。

御年寄が眉《まゆ》を顰《ひそ》められて酒をお控えくださるよう申し入れたが、まるでお聞き入れにならぬそうだ。

詰所で、組頭がそんなことを誰かと話していた。日ごと酒宴を催《もよお》し、夜半まで女中に踊らせては騒ぎ、己は足腰が立たぬほど泥酔するらしい。

折しも大奥は老中からの質素倹約を促す忠言をはねつけた直後で、身中に火種を抱えているようなものだった。こんな噂も当時はあった。

平岡殿に命じられて英祥院様の許《もと》へ参じたのは、中年寄の梅村殿だそうだ。しかし諫言《かんげん》を素直にお聞き入れになる御方ではない。大変な剣幕で荒れ狂い、僭越極まると梅村殿を罵倒《ばとう》されたそうな。

座敷で微《かす》かに気配が動いた。

「御台様の覚えがよくなった梅村は、お主上《かみ》にも取り入ったのじゃ」

さきほどとは別人の嗄《しゃが》れ声だ。遥《はる》かに年嵩《としかさ》で、抑揚を欠く喋《しゃべ》り方だ。

「酒《ささ》をお控え召されなど、お主上が自らのお考えでお口になさるはずがない。母をあれほど御大切になさる御方であったのに、梅村めが唆《そそのか》しおったのじゃ」

硬い音がして、別の声が何かを言った。諫《いさ》めているような口調だ。

「わかっておる。この一献《いっこん》で仕舞いにするわ。そなたまで妾《わらわ》に命ずるか。ええい、放せと言うに」

伊織は目を上げ、丹後屋を見た。丹後屋は襖の向こうに顔を向けており、はっとしたかのように向き直った。蒼褪《あおざ》めている。

「丹後屋、報酬は」

丹後屋が前のめりになった。

「お引き受けくださるので」

「そうは申しておらぬ。報酬を訊《たず》ねたまで」

すると、丹後屋の目に伊織を侮《あなど》るような色が戻った。

「あなた様がこうして裏稼ぎをしておられることを、御目付に訴え出ることはいたしませぬ。料理場の品々を懐に入れ、密かに転売しておられることも」

「すべてを調べ上げたうえで目をつけたか。何ゆえ、手前であったのだ」

皆、同じことをしているではないかとは口にしなかった。そこまではまだ、性根は腐っていない。

「山口様が味をお決めになっているからにございますよ。あなた様であれば、何か手立てを講じてくださるのではないかと」

そして懐から袱紗《ふくさ》包みを出し、畳の上に置いた。

「丹後屋」

「はい」

「この依頼、引き受けた」

低く告げた。

今、台所人の御役を失うわけにはいかぬ。

金子《きんす》のつもりで報酬を口にしたのではなかったが、迷いもせずに包みを懐に収めた。痩《や》せぎすの頬に侮蔑《ぶべつ》まじりの笑みが広がったが、かような者にどう思われようと構わない。

丹後屋は手柄顔で、襖《ふすま》の向こうへと首を伸ばした。

「有難う存じます。やれ、これで手前の面目《めんもく》も立ちまする」

「ただし、毒は盛らぬ」

正しくは、盛れない。

「ゆえに時が掛かる」

「いかほど」

「わからぬ」

「わからぬと仰せになられましても」

「わからぬように、徐々に身を弱らせるのだ。いつとわからんで、当たり前であろう」

やにわに片膝《かたひざ》を立て、丹後屋の耳許に顔を近づけた。小声で囁《ささや》く。

半白の眉が大きく動き、そのまま動かなくなった。


神田川《かんだがわ》沿いに、家路を歩く。

今日は伊勢留が休みであるので、裃《かみしも》をつけたままの姿だ。高久も非番であるので、共に歩いている。

春鳥が囀《さえず》り、柳が芽吹いている。道端の草も柔らかい緑だ。

二人の若党は背後に従っており、それぞれ風呂敷包《ふろしきづつ》みを持っている。高久はいつものごとく玉子と玉子焼、伊織は鯛《たい》を持って帰ってきた。

「そろそろこの慣いも止めねば、嫁御が肝《きも》を潰《つぶ》すのではないか」

「さようでしょうか。親が親ですぞ、袖《そで》の下には慣れているはずです。それがしが何の役得もなければ尻《しり》を叩《たた》かれそうだ。ともかく気が強いそうで」

高久は来月、嫁取りをする。組頭の口利きで同心の娘だ。

「結構ではないか。おぬしは昔から、気の強いのが好きだった」

するとと高久はふと口を噤《つぐ》み、しばらく黙り込んだ。大身の武家の屋敷が連なる界隈《わい》に入ると練塀《ねりべい》が続き、道もひんやりと冷たくなる。見越しの黒松の間で桜が枝垂《しだ》れていたりすると、そこだけが白く浮き上がって見える。

これからは心置きなく、桜を見上げることができる。おそらく、父上も。

伊織はそんなことを考えた。かたわらの高久が俯《うつむ》いたまま、何かを呟《つぶや》いた。

「今、何と申した」

「私は、弥生殿と一緒になりたかったのです」

黙っていると、顔を上げた高久は何度も言わせるなとばかりに唇を突き出した。

「とうに知っておったわ。そなたが、こんな時分からの」

伊織は掌《てのひら》を広げ、己の腰の高さで止める。

「まもなく、七回忌ですね」

「ん」

「法要に伺《うかが》ってもよいでしょうか」

「有難い」

弥生も歓《よろこ》ぶだろうとは、口にしない。死んだ者の言葉を代弁するのは違うと思うのだ。そこに、生きている者の希《のぞ》みや思念を織り交ぜてしまう。歓ぶだろう、あるいは無念であったろうも、この世に取り残された者が抱く思いだ。

「そういえば、歩きながらかようなことをお訊ねするのも畏《おそ》れ多いことですが、御台様の御膳《ごぜん》の給仕はどなたが代わりにされるのでしょう」

「他の御年寄がお務めになるのではないか」

代わりは必ず出てくるものだ。権力を欲する者は、この機を逃さぬ。

「それにしても、まだお若いというのに心之臓《しんのぞう》とは。激務であるゆえ、長年のご無理が祟《たた》ったのでしょうな」

独り言になったので、伊織は黙って前を向く。

「英祥院様が卒去《そつきよ》されたゆえ、葬儀の差配も大変でありましたでしょう。松之内《まつのうち》のことでしたゆえ」

英祥院は昨年の師走《しわす》に臥《ふ》せり、奥医師の診立てでは腎之臓《じんのぞう》、膵之臓《すいのぞう》の弱りが因とのことで、料理場では長年の大酒が災《わざわ》いしたのだろうと噂になった。伊織は内心、驚愕《きょうがく》した。

昨冬、伊勢留の離屋で丹後屋に耳打ちしたのだ。

こなた様は酒毒が回っておられると、奥医師が言うておったぞ。別の筋に乗り換えられるが賢明だ。

根も葉もない、ただの意趣返しであったが、その翌月に臥せったのだ。丹後屋が別の取り入り先を見つけるのには、少しばかり時が足りなかっただろう。

役宅の生垣が見えてきた。

高久と別れ、門を潜った。若党に先に家に入れと命じ、伊織は右に折れる。家の裏手を回り、井戸のそばを抜けると畑になっている。五畝《うね》ほどを父が耕している。空豆や小松菜の苗を植えると、何日か前に言っていた。畑の際では菜花《なばな》の群れが盛りだ。白蝶《しろちょう》が訪れている。

「父上」

声を掛けると、日向《ひなた》の中で鍬《くわ》を持ったまま顔を上げた。

「只今《ただいま》、戻りました」

辞儀をすると、黙って頷《うなず》く。首に掛けた手拭《てぬぐ》いで顔を拭《ふ》き、問いたげな目をした。

伊織が裃をつけたまま畑に入るなど、珍しいからだ。

つくづく、父も老いたと思った。躰《からだ》が一回りも小さくなっており、眉《まゆ》から頬、口の周りの髭《ひげ》も短く白い。

「父上」

「如何《いかが》した」

鍬の柄《え》に肘《ひじ》を置き、少し身を預けるように立っている。

「ようやく果たしました」

告げると、父の面持ちがゆっくりと変わった。

「今、何と」

問い返してくる。

「あの者が倒れましてござります。心之臓です」

父は目を瞠《みは》り、顎《あご》をわななかせている。

「内分になっておりますが、ひどい頭痛を訴えたとも聞きました。呂律《ろれつ》が回らず、腰から下に中気《ちゅうき》のごとき症も出たようにて」

「いずれにしても、復帰はかなわぬのだな」

絞り出すように言った。

「平岡と同様、大奥には戻れぬでしょう」

口と躰が動かねば、御年寄という重職は務まらぬ。

父は咽喉《のど》の奥で唸《うな》り、眼差《まなざ》しを上げた。

「七回忌に間に合《お》うたか」

伊織も春空を見上げる。

七年前、妹の弥生は養女に入った家から大奥への奉公に上がった。ちょうど、御台様が輿入《こしい》れした年だ。弥生は御三之間《おさんのま》という女中となった。養家の格からいえば、尋常に勤めれば御中﨟に上がれる役儀だ。

当時、大奥の最大の実力者は御年寄の平岡で、中年寄の梅村を一の配下としていた。弥生にとって、美しく有能な梅村は憧《あこが》れの人であったようだ。宿下がりの折に父と母が養家を訪ねた際も、梅村のことばかり口にしていたという。

家に帰ってきた時、両親は嬉《うれ》しいような切ないような、妙な面持ちだった。

「ああもはしゃいで、奉公が上滑りになりはいたしませぬか」

母が案じると、父は仕方がないと頭《かぶり》を小さく振った。

「一生、清い身のまま奉公するのだ。信じてお慕《した》い申し上げる上役に恵まれて、果報だと思わねばならぬだろうよ」

本当は不憫《ふびん》でたまらなかったのだろう。養親が大奥に上げるつもりであることが事前にわかっていれば、父は養女にやらなかったかもしれないと伊織は思う。

その一年後、弥生の部屋から火が出たのだ。死人は出なかったものの、火傷《やけど》を負った者、そして傷心のあまり寝込んでしまう者も少なくなかった。長局の四半分《しはんぶん》が焼け落ち、襠《うちかけ》や小袖《こそで》、簪《かんざし》、長持、そして長年、貯め込んだ金子を失ったのである。自身で申告する決まりであるので多少多めに言う者もあったろうが、奉公を退いた後の資金、生家の暮らしを扶《たす》けるための金子が炎に巻かれて溶けた。

詮議《せんぎ》を受けた弥生は初め、「火の始末は間違いなくつけた」と言い、いかほど責められようが頑として主張を曲げなかったらしい。しかしある日、卒然として「自身の不始末だ」と言い出した。

伊織が後に知ったことには、弥生が与えられていた部屋は中年寄である梅村の部屋の手前にあった。

むろん梅村は座敷がいくつもある御殿様《よう》の部屋で、弥生は他の数人との相部屋だ。やがて噂が流れた。火元は、梅村の部屋ではないかというものだ。中年寄ともなれば自前の女中を十数人も雇っており、下端の女中が竈《かまど》の火の始末を怠《おこた》ったのではとの推測だった。

そして三月十日、父の許《もと》に文が届いた。

もう誰も信じられなくなった。このまま無罪放免されたとしても、奉公は続けられない。養家にも戻れない。末尾には「お許しください」と記されていた。

数日の後、養家から遣いが来た。弥生が自裁したと知らされた。しかも文が届いた日に咽喉《のど》を突いて死んでいた。

いったん養女に出せば他人だ。料理場でも父の娘が、伊織の妹が大奥で奉公していたことなど誰も知らぬほどに。

しかし伊織は茫然《ぼうぜん》と端坐《たんざ》して、父と母もただ空《くう》を見ていた。夕暮れ間近に春嵐になっているのにも気づかなかった。家じゅうのそこかしこに桜の花弁まじりの雨が吹き込んで、畳や板間を濡《ぬ》らした。

母はまもなく床から起きられぬようになり、父はその介抱のために隠居願いを出した。

伊織は台所人として奉公しながら伝手《つて》を頼り、時には市中で同心が使う小者《こもの》に酒を振舞い、小粒も握らせて探索を続けた。

弥生はなぜ死なねばならなかったのか。

それを知らぬままでは、両親も自身も生きていかれぬと思い詰めた。

そして頼んでいた小者が、大奥で奉公していたという商家の新造《しんぞう》に行き当たった。町家の娘は行儀見習いと箔付《はくづ》けのために勤めるだけであるので、良縁があれば数年で生家に戻る。

「梅村様の部屋から出た火であることは間違いなさそうですぜ。その御新造は、床が火を噴くのを見たと言ってるんです。上役にもそう申し立てたそうですが、御年寄の一言でねじ伏せられちまったようで」

「御年寄か。梅村ではなく」

「平岡様ってのは、英祥院様と犬猿の仲でしてね。互いに忌み嫌ってんでさ。力は平岡様の方が大きいが、居丈高《いたけだか》な人柄に内心不満を抱いている者もおりやして、密かに英祥院様と通じている者もいたようです。つまり、微妙に拮抗《きっこう》してるんだ。そんな折、己の子飼いの部屋が火元となれば権勢に障りが出やしょう」

「それで、弥生が」

後の言葉が続かなかった。

平岡と梅村に何と説かれたか、それとも脅されたのかはわからない。しかし弥生は一転して、己の過失として引き受けた。一本気な性分であるだけに、梅村がいざとなれば易々《やすやす》と配下を捨てる人間であることに耐えられなかったのかもしれぬ。

　そして母は悲嘆のうちに身罷《みまか》った。枕が乾く間もないほど泣いて泣いて、泣き死んだようなものだ。

　伊織は通夜を営んだ夜更け、決意を父に告げた。

「弥生と母上の仇《あだ》を討ちます」

「ならぬ」

「弥生を死に追いやった女どもですぞ」

「大奥を侮るな。御年寄と中年寄、二人をいちどきに仕留めるなど至難だ」

「父上、何ゆえお止めになる」

「討ち果たした後は、お前も死なねばならぬ」

「むろん腹を切ります」

　父は真正面から伊織を見据えた。

「許さぬ。弥生は他家の娘ぞ。道理が通らぬ」

　厳しい、断固たる言いようだ。数珠《じゅず》を手にした父はそれから口を引き結び、瞑目《めいもく》した。蠟燭《ろうそく》の炎が揺れては、線香の煙が白く流れる。

「やはり弥生は私の妹です。そして父上の娘だ」

　そう口にすると、また激してくる。

「いっそ台所人らしく、毒を盛ります」

「台所人らしく」父は鸚鵡返《おうむがえ》しにした。

「さようです。たとえ何年掛かろうとも、機会を窺《うかが》って必ず」

「十年、二十年、誰かへの殺意を抱き続けることは己を殺すにも等しいぞ。耐えられるのか」

「覚悟の上にて」

父は黙し続けた。線香の一筋が立ち消えても、瞑目している。

ふと、父は右手を持ち上げた。蠟燭の灯が揺れる。

親指と人差し指の先をこすり合わせているのが見えた。焼香《しょうこう》の手つきだ。意が酌《く》み取れず、「父上」と声を強めた。父がこのまま、父までがあの世に行ってしまうような気がした。

「塩を使え」

明瞭《めいりょう》な声だ。

「塩であれば、毒見をいかほど受けても見破られぬ」

はっと身揺《みゆる》ぎし、考えを巡らせた。

塩を使う。

確かに毒見は潜り抜けられようが、味見で引っ掛かる。いや、少しずつだ。ごく微量ずつ塩気を増せば、人の舌はそれに慣れてしまう。しかもそれを旨《うま》いと感じ、より強い塩気を求める。

そして、大事なことに思い至った。

「塩であれば、御台様の御身《おんみ》を損ねることもない」

「いかにも。御台様は小鳥が啄《ついば》む程度しか召し上がらぬ。膳《ぜん》のほとんどは御年寄や中年寄の腹におさまる。しかも、甘い物も尋常ではない摂《と》り方だ。確実に仕留められるかどうかは予測がつかぬが、奉公がおぼつかぬ躰《からだ》にはできよう」

権勢の場からひきずり下ろす。

父子で、的をそう定めた。

以来、伊織は塩を使い続けた。味を差配できるようになるために、台所人としての腕も磨いた。

伊勢留で働くようになったのは真に暮らしのためであり、格別の目論見《もくろみ》があったわけではない。ただ、あの場に身を置いたことで己を保てたのだと今は思う。

「父上」

振り向くと、子らが駈け寄ってきた。五歳の長男と三歳の娘だ。

「お帰りなさりませ」

妻もその後ろからやってくる。大きな腹を抱え、歩幅も狭い。

「旦那《だんな》様、また立派な鯛《たい》を盗んでこられましたね」

ただでさえ小さな目を細め、笑い声を立てた。若党も白い歯を見せている。

若党はその昔、伊織の探索を手伝ってくれた小者だ。博打《ばくち》打ちであったのを同心に見込まれて手先をしていたが、しばしば会い、家にも連れ帰って飯を喰《く》わせているうち家来として居つくようになった。

「子らの前で、人聞きの悪いことを申すでない」

娘を抱き上げ、畑の父を呼んだ。

「飯にしましょう。今日は手前が腕を揮《ふる》います」

「ほう。御台様膳所の台所人は、何を馳走《ちそう》してくれるのであろう」

菜花の周りをゆるゆると飛んでいた白蝶《しろちょう》がいきなり高く舞い上がり、腕の中の娘が手を伸ばした。


（講談社文庫『草々不一』に収録）

六代目中村庄蔵

青山　文平

青山文平（あおやま・ぶんぺい）

１９４８年神奈川県生まれ。早稲田大学政治経済学部卒業。２０１１年『白樫の樹の下で』で松本清張賞を受賞しデビュー。15年『鬼はもとより』で大藪春彦賞、16年『つまをめとらば』で直木賞、22年『底惚れ』で中央公論文芸賞と柴田錬三郎賞を受賞。他の著書に『半席』『励み場』『遠縁の女』『江戸染まぬ』『やっと訪れた春に』『本売る日々』『父がしたこと』『下垣内教授の江戸』などがある。

小伝馬町牢屋敷《こでんまちょうろうやしき》での検死を終えて本銀町《ほんしろがねちょう》三丁目に差しかかったときは、既に夜の六つ半を回っていた。

下手人《げしにん》の刑であれば、陽《ひ》のあるうちに執《と》り行われるのだが、今日の検死立ち合いは死罪の斬首《ざんしゅ》なので、執行は夜と定められているのだった。

過《あやま》って人を殺《あや》めた者が首を打たれるのが下手人で、申し開く余地のない者に科せられるのが死罪。同じ斬首であっても、下手人は亡骸《なきがら》の引き取りもできるし、弔うこともできるが、死罪となれば一切許されず、おまけに、取り捨てにされる前に、小塚原《こづかっぱら》の刑場に移され、御様御用《おためしごよう》五代目、山田浅右衛門吉睦《やまだあさえもんよしむつ》によって試し斬りに供される。

自慢の銘刀の斬れ味をなんとしてもたしかめたい輩《やから》が、五代目浅右衛門の屋敷の前に列をつくっているのである。順番を待つその数ほどには死罪や獄門《ごくもん》は出るものではなく、骸《むくろ》は一度といわず、幾度となく刃《やいば》を受けるのが常だった。

月は十一月に入って、牢屋敷の練塀《ねりべい》を出てみれば、新月から戻って半ばの月が青い光を放ち、周囲をぐるりと取り囲む堀には薄氷《うすごおり》が張っていた。徒目付《かちめつけ》、片岡直人《かたおかなおと》の目の裏には、浅右衛門が土壇場《どたんば》で振るった大太刀の一閃《いっせん》がまざまざと残って、まだ背筋を凍らせている。幾度、立ち合っても、斬首に慣れることはない。

だから、通町筋《とおりちょうすじ》に建ち並ぶ呉服店の灯りを認めたときは思わず気持ちが緩んで、盛大に白い息が洩《も》れた。

そういえば、今日は十一月も八日だ。あと七日すれば七五三ということで、まだ通町筋は人であふれている。惜しげもなく点《とも》された百目蠟燭《ひゃくめろうそく》の灯りが往来を橙色《だいだいいろ》に染めて、冬至《とうじ》の月の寒気さえ吹き飛ばすかのようだ。旗本や大店《おおだな》の家であれば、子女はもちろん、御宮参りに付き添う従者の着物まで新調する。きっと十五日を迎えるまで、店前《たなさき》はごった返すのだろう。

日々、通《かよ》っている路《みち》なのに、足を運ぶたびに、なんといっても通町筋は江戸《えど》の町並みの顔であるという想いを新たにする。筋違御門前《すじかいごもんまえ》の神田須田町《かんだすだちょう》から芝《しば》の金杉橋《かなすぎばし》まで、御府内を南北に貫く目抜き通り。なかでも、目を奪われるのが、京橋《きょうばし》側から日本橋《にほんばし》を渡ってからで、天下一と謳《うた》われる橋の意外な小ささに拍子抜けした地方からの客も、駿河町《するがちょう》の両側を埋め尽くす越後屋《えちごや》の偉容に接すれば、もう土産話は十分だ。

なにしろ、通りの向こうで衝立《ついたて》になっているのは富士山《ふじさん》である。その真っ白な霊《れい》山《ざん》に掌《てのひら》を合わせせんとするかのように、壁はもとより軒先まで厚い漆喰《しっくい》で塗り固めた土蔵造りの豪壮な店が軒を並べる。

越後屋だけではない。本通りに戻ると、十軒店本石町《じっけんだなほんごくちょう》あたりまで、贅《ぜい》を尽くした呉服屋が建ち並ぶ。引き寄せられて暖簾《のれん》を潜《くぐ》れば、そこでは反物の切り売りもしていて、半襟《はんえり》の替えを気軽に楽しむことができるし、買ってすぐに着て帰れる仕立て売りだってやっている。気持ちが弾んでくる上に使い勝手までよく、で、通りはいつも賑《にぎ》わっている。

青い月明かりだけの小伝馬町から四つ角を三つ通り過ぎるだけで、この華やぎに包まれる。天国と地獄は隣り合わせのようだと思いながら、直人は竜閑川《りゅうかんがわ》に架かる今川橋《いまがわばし》へ向かった。

そこを渡ると、通町筋はとたんに顔つきを変える。呉服の大店の町から、職人の小さな仕事場がひしめく町になる。はっきりと、日本橋から、神田になる。

橋を背にすると、すぐに鍛冶町《かじちょう》、そして鍋町《なべちょう》。東西の路に分け入れば、紺屋町《こんやちょう》があり、塗師町《ぬしちょう》があり、白壁町《しらかべちょう》がある。職人仕事の名を冠した町が、延々と広がる。

今朝方、直人はいつものように、この通町筋を逆に歩んだ。

徒目付の組屋敷はいくつかに散っていて、直人の長屋は上野《うえの》御山《おやま》裏の下谷《したや》御箪笥《おたんす》町《まち》にある。本丸表御殿《ほんまるおもてごてん》中央にある徒目付の内所《ないしょ》に通うには、下谷広小路《したやひろこうじ》から御成街《おなりかい》道《どう》を通って筋違御門を渡り、須田町へ抜ける。

そうして通町筋に分け入って、そのまま鍋町に差し掛かったとき、白々と明け出した脇の通りから、「ほたけ、ほたけ」と囃《はや》す子供たちの声が届いた。

火を焼く、と書いて火焼《ほたけ》。十一月八日は、日本橋にあっては七五三の七日前だが、鍛冶職人の集まる神田では鞴祭《ふいごまつり》の当日だ。その日、祭っている稲荷《いなり》神に供物《くもつ》を積み上げた鍛冶職人は、未明から近所に蜜柑《みかん》を撒《ま》いて歩き、待ちに待っていた子供たちが我れ先にと拾いまくる。

直人は夜明けの喚声《かんせい》を思い出しつつ、急に暮らしの匂《にお》いが濃くなった通りを行く。知らずに、小伝馬町で背負《しょ》いこんだものが薄らいで、肩の力が抜けていく。

鍋町の角を左に折れると、そこは多町《たちょう》で、神田青物五町《あおものごかちょう》のひとつだ。職人の町と青物の町が入り交《ま》じる。

なぜか陽のあるうちに春をひさぐ、比丘尼《びくに》が寝座《ねぐら》にする町でもある。しだいに藍《あい》色《いろ》が深くなって、そろそろ、家路をたどる白い尼姿が浮かび上がる頃合いだ。

徒目付組頭の内藤雅之《ないとうまさゆき》が待つ居酒屋、七五屋《しちごや》はそういう界隈《かいわい》にある。

今日は、どんな頼まれ御用を、あの上司は振ってくるのだろう。


「小松川《こまつがわ》の根《ね》で、カイズが上がってるらしいぜ」

今朝方、徒目付の内所に上がり、月番が回ってきた小伝馬町牢屋敷での検死立ち合いに向かおうとすると、雅之がいつもの悪戯《いたずら》めいた笑みを浮かべて言った。

「蛤《はまぐり》を餌に畑白《はたじろ》を釣ってたら、尺近いのが掛かったてえ話だ」

外から持ち込まれる頼まれ御用を直人に振ろうとするとき、雅之は決まって釣りの話から入る。これといった遊びと縁がない直人にとって、唯一《ゆいいつ》の息抜きが釣りだ。で、雅之は、直人のその最も柔らかい部分を攻めてくる。

「カイズ、ですか」

そろそろ、雅之が頼まれ御用を差配してくる頃だと用心していた直人も、思わず喰《く》いついた。めったには上がらない黒鯛《くろだい》の、若魚《わかうお》がカイズである。時期を逃したら、いつお目にかかれるか分からない。釣りは、目当ての魚が浅場まで上がってくる、つかの間の季節のみに許される楽しみだ。道糸《みちいと》の長さには限りがある。深場に戻られたら、もう縁はない。出逢《であ》い、なのである。

「船、出すかい？」

「そう……ですね」

くわえた餌を、直人はいったん吐き出す。気難しい黒鯛のように餌をふかして、呑《の》み込んでいい獲物かどうかを見極めようとする。

「テグスも手に入った。いいだけ分けるぜ」

「テグスが？　まっことですか」

カイズといい、テグスといい、雅之はほんとうに弱い処《ところ》を突いてくる。

近頃、どこの釣具屋に足を運んでもテグスは品切れだ。しかたなく馬の尻尾《しっぽ》の毛を使っているが、道糸ならともかく、釣り鉤《ばり》をつなぐ鉤素《はりす》に馬毛はいかにも具合がわるい。餌のなかには鉤が隠れてますよと、魚に教えているようなものである。

とはいえ、テグスは唐《から》からの渡来物《とらいもん》で、海の向こうでなにかごたごたがあると、とたんに品薄になる。この時期、釣り人がテグスを餌にされれば、鉤素がはっきりと見えていても目をつぶって喰いつかざるをえない。

「小伝馬町は六つ半には終わるな」

「はあ」

せめて、往生際《おうじょうぎわ》はよくしようと、直人は餌をふかすのを諦《あきら》めて言った。

「じゃあ、その足で七五屋に寄ってくれねえか。実あ、尺のカイズを上げたのは、七五屋の親爺《おやじ》なんだよ」

七五屋の店主の喜助《きすけ》は自前の小船を持っているほどの釣り好きで、海が大荒れしない限り、自分で釣り上げた獲物だけを振る舞う。思わず、この冬初めてのカイズの透き通る白身が浮かんで、直人は、いかん、いかんと己を諫《いさ》めた。喰い物なんぞ、腹がくちくなりさえすればなんでもいいと信じてきたのに、この上司と縁ができてから舌が勝手を言うようになった。

「刺身もいいが、やっぱり焼き塩振って、遠火で炙《あぶ》るかなあ」

直人の想いを知らぬげに、雅之が顔をほころばせる。焼いて水気《みずけ》を飛ばした塩でないと、せっかくの身の白さが濁るのだそうだ。

「それでは、自分はこれで、小伝馬町へまいります」

さすがに、相槌《あいづち》は打たない。武家が喰い物なんぞを云々《うんぬん》してはならぬという戒めが、まだ躰《からだ》のどこかに残っている。

踵《きびす》を返して内所を出た直人は、思わず半席、半席と呟《つぶや》いた。

呪《まじな》いのように唱えながら、一刻も早く徒目付を抜けて勘定所に席を替え、御目見《おめみえ》以上《いじょう》の勘定に駆け上がらなければならないという、いつもの想いを繰り返す。そうすれば、片岡の家は一代御目見《いちだいおめみえ》の半席を脱して、永々《えいえい》御目見以上の家筋《いえすじ》となり、直人のみならず、やがては得るのであろう直人の息子も生まれついての旗本になる。

徒目付になったのも、そのためだ。頼まれ御用の見返りに、惹《ひ》かれたのではない。そんな浮薄な理由で、無役《むやく》から這《は》い上がったのではない。徒目付の席からは、勘定の席をよく見渡すことができる。一見、なんの関わりもないようでいて、ふたつの御役目は密に結びついている。その結び目が緩むときは、おそらく、御公儀が崩れるときだ。

戦国の世が終わって二百余年が経《た》った文化の御代《みよ》でも、幕府の編成はいまなお軍団のままである。武家の政権ゆえ、戦時体制の組織を解《ほど》くことがない。とはいえ、いま、果たさねばならぬのは、軍事ではなく行政である。軍団が行政を司《つかさど》る危うさは、そのまま幕府の危うさとなる。

その危うさを封じ込めているのが、役方の財政と監察だ。この両翼に力がある限り、危うさの露呈は先送りできる。おのずと勘定所と目付筋の陣容を厚くして、編成の欠陥を補うことになる。ひいては、人の数をそろえるだけでなく、質をもつぶさに吟味する。だからこそ、ふたつの御役目の結びつきは解《と》きがたい。直人が余禄《よろく》の誘惑にきつく封をして、ひたすら勘定を目指す所以《ゆえん》だ。

なのに、雅之から頼まれ御用を持ちかけられると、つい気持ちが揺らぐ。

いまのところは半年に一度ほどで、今日、請けたとしても二年で四度ではあるが、回数が少ないのは言い訳にならない。戒めを破っていることに変わりはない。

なぜ……と己に問いつづけて、この夏、三度目の御用を果たし終えたとき、ふと、思い当たった。

おそらく自分は、内藤雅之という、なんとも風変わりな上司を、もっと知りたいのだろう。

あとふた月で年が替わって、文化七年になると、直人は二十八を数える。雅之はひと回り上だから、ちょうど四十で、まだ欲と無縁になる齢《とし》とは遠い。なのに、旗本へ身上《みあ》がろうとも、御用頼みに居座ろうともせず、残った場処で、ゆっくりと深く息をしている。

そこに雅之がいることで、初めてそんな場処が残っていたと分かる場処だ。

そういう勤めぶりをする役人を、直人は知らなかった。雅之を見ていると、自分がもうずっと昔に思いちがいをして、そのままになっているような気になる。

どんな思いちがいをしているのかを、直人は知りたい。

「鱈《たら》の胃袋の内藤唐辛子《ないとうとうがらし》和《あ》えだ。喰ってみるかい」

直人が七五屋の小上がりに座ると、雅之が箸《はし》を動かしながら言った。小鉢からは、かすかに胡麻油《ごまあぶら》の香りが伝わる。カイズはまだ頼んでいないようだ。

「どうにもぱっとしねえ魚だが、胃袋だけなら鯛《たい》にも負けねえ」

「いえ」

即座に、直人は言う。頼まれ御用の話の輪郭をひととおり摑《つか》むまでは、酒も喰い物も腹に入れないのが、直人の変わらぬ流儀だ。

「酒は勧めねえよ」

おやっ、と直人は思う。

いつもなら、酒を断わるたびに、口癖のように、「そこが、おめえの喰い足らねえところだ」と言う。「酒が入ったくらいで御用があやしくなるってのは、ちっとばかしやわすぎねえかい」と。

「片岡の扱い方が分かってきた、と言いてえところだが、実は、そうじゃねえ」

そのとき、まるで計ったかのような頃合いで、直人の前に、店主の喜助が熱いほうじ茶の入った大きな湯呑《ゆの》みを置いた。喜助は、自分で焙烙《ほうろく》を使って煎茶《せんちゃ》を煎《い》る。両のてのひらを温めてから口に持っていくと、いつもながら香りの立ち方が半端《はんぱ》ではない。

「頼まれてもらおうと思っていた御用が、急に入れ替わっちまってな。腹をよくして一服したら、また小伝馬町に戻ってもらいてえのよ。いま、喜助に言って、湯漬けをつくってもらっている」

「小伝馬町に、ですか」

ようやく、そこを背にして、喜助のほうじ茶にありつき、気持ちが温《ぬく》もってきたところだ。正直、舞い戻りたくはない。

「罪囚《ざいしゅう》がらみということですね」

とはいえ、徒目付ならば、己の気持ちを御《ぎょ》す術《すべ》は心得ている。どうせ、やらねばならぬのなら、自分からやろうとしたほうが、疲れは少ない。

「そういうことだ」

「揚屋《あがりや》ですか。それとも、揚座敷《あがりざしき》？」

頼まれ御用とはいえ、徒目付が扱うからには、武家であることはまちがいなかろう。これまでの三度ともそうだった。だから、小伝馬町牢屋敷《ろうやしき》でも、百姓町人が送られる大牢《たいろう》や二間牢《にけんろう》の罪囚ではない。揚屋に入る御家人か、あるいは揚座敷の旗本か。旗本ならば五百石には届かない家だ。それより上だと、入牢《じゅろう》はさせずに預《あずけ》になる。

「それが、そうじゃあねえから厄介なのさ」

雅之は手酌で燗徳利《かんどつくり》を注《つ》ぐ。直人が飲めないからといって、下手な遠慮はしない。そこがいい。雅之はいつも雅之だ。こっちも要《い》らぬ気をつかわずに済む。

「武家ではない、ということですか」

「ああ、茂平《もへい》といってな。元々の人別《にんべつ》は百姓だ。けどな、当人は自分を武家だと思い込んでるらしい」

「一季奉公《いっきぼうこう》ですね」

「ご明察さ」

建前としての幕府の軍団編成は、一人一人の幕臣をも縛る。たとえ下級の旗本といえども、いざ合戦となったときに備えて、戦力となる家臣を抱えていなければならない。とはいえ、大身旗本ならば代々の家侍《いえざむらい》をそろえることもできようが、小禄《しょうろく》旗本では望むべくもない。で、中間《ちゅうげん》ばかりでなく、大小を差す侍をも、奉公人を斡《あっ》旋《せん》する人宿《ひとやど》から雇い入れる。むろん、一年ごとの一季奉公だ。その多くが百姓の出で、形を整えているだけであることは、御公儀も先刻承知している。で、人別を百姓のままにすれば、御公儀みずから決まりを破ることになるので、そのあいだだけは主家の人別に入れて、武家身分として扱う。そういう、にわか武家がこの江戸にはひしめいている。なかには、自分がほんとうに武家になったと、錯覚する者が出てもおかしくはなかろう。

「一季奉公の侍をしていたけれど、このところは寄子《よりこ》だったということでしょうか」

その茂平とやらの人別も、いまでは武家ではないらしい。つまり、ここしばらくは雇い直しがならず、侍奉公から離れていたということだ。そういうときは、人宿が抱える寄子となって、次の奉公の声がかかるのを待つ。

「いや、そうじゃねえ」

猪口《ちょこ》を傾けてから、雅之はつづけた。

「茂平は昨日入牢《にゅうろう》したんだが、入ったのは西の二間牢さ」

「西の二間牢。無宿《むしゅく》だったのですか」

小伝馬町牢屋敷は東牢と西牢があり、有宿か無宿かで入る牢が分かれる。西牢に入るのは無宿者だ。つまりは、寄子ではなかった。寄子なら、人宿の主《あるじ》の人別に入る。

「ひと月半ばかり前までは侍奉公をしていたんだが、躰《からだ》を壊してな。どんな人宿だって、病人は抱え込まねえ。寄子にもなれなかったってことだろう。それからはずっと、無宿の暮らしをつづけていたらしい」

江戸はそういう人間で溢《あふ》れている。あの牢屋敷を取り巻く堀に張った薄氷を、踏むがごとく暮らしている者は、おそらく町の衆生《しゅじょう》の半分ではきかないはずだ。江戸では誰もが、ある日突然、茂平になる。明日は大川に身を投げるかもしれない連中が、今日はからからと笑っている。町奉行のいちばんの御役目は、そういう薄い氷の上で凌《しの》いでいる群れを弾《はじ》けさせないことだ。

「で、茂平はなにをやったんです？」

喰《く》い詰めての盗みか、荒れた末の喧嘩《けんか》か、その揚句《あげく》に人を殺めたか……。どんな罪を犯したとしても、驚きはしない。おそらく、茂平は崖《がけ》っ縁《ぷち》にいたのではなく、縁《ふち》を落ちていたはずだ。守るものはなにもない。

「それがな……」

ふっと息をついてから、雅之は重い唇を動かした。

「なんともやりきれねえが、このままいきゃあ、茂平は鋸挽《のこぎりびき》になる」

「鋸挽！」

驚きはしないはずなのに、直人は十分に驚いた。

鋸挽は六通りある死刑のなかでも最も重い刑罰だ。

実は死刑は五通りだけで、鋸挽だけは別扱いと言ってもいいほどに、凄《すさ》まじさが突出している。

まずは、人が座るとすっぽり収まるくらいの箱を、地中に埋める。

そこに、罪人を入れ、首だけを出させて衆人に晒《さら》す。

ただ晒すのではない。首の左右には、道行く人に挽かせるという名目で鋸が置かれる。それが、三日二晩だ。

あくまで名目なので、ほんとうに鋸を手に取る者が出ぬよう監視人が置かれはするが、三日二晩のあいだ、その目が常に切れないわけではない。往来に首だけを晒して、近づく足音に怯《おび》えつづける恐怖はいかばかりであろう。

晒し終えると、市中を引き回され、そして仕上げは磔《はりつけ》となる。

磔だけでも、凄惨《せいさん》を極める。

初めて、その刑を見届けなければならなかったとき、直人は幾度も戻した。胃の液まで戻した。なにも、あそこまで、亡骸《なきがら》を損《そこ》ない、傷《いた》めることもなかろうに。

そのように鋸挽だけが異常に酷《むご》いのには、相応の名分がある。

鋸挽は、もろもろの罪に適用されるわけではない。逆罪《ぎゃくざい》と呼ばれる、けっして犯してはならぬ罪のみに用意された刑罰なのだ。

「主殺《しゅうごろ》し、ですか」

直人は言った。主殺しは、親殺しよりも重い。

「ああ」

雅之は答えた。


「どうして」

「それを片岡に聴き出してもらいてえのさ」

口が渇いて、直人はほうじ茶のお代わりを頼んだ。喜助が柔らかい返事をよこして、少しだけ気持ちが軽くなる。ついでに、「湯漬け、お出ししますか」と聞くので、それは話が終わってからにしてくれと答えた。「承知しました」と言ってから、「伺《うかが》っときたいんですが、塩鰹《しおがつお》と子うるかならどちらがよろしいでしょう」と付け加える。迷わず、塩鰹と答えた。せっかくの子うるかだ。どうせなら、味がちゃんと分かるときに口に入れたい。

「落命した主家《しゅけ》は、大番組番士《おおばんぐみばんし》の高山元信《たかやまもとのぶ》。六十一歳だ」

喜助の背中を見届けた雅之が、話を戻す。

「家禄《かろく》は職禄ちょうどの二百俵。ま、いちばんしんどい実入りだろう。そろそろ、嗣子《しし》の直次郎《なおじろう》に家督《かとく》を譲って、隠居を考えていた。そんなところに襲った不幸というわけだ」

「とにかく、事件の経緯をお聴きしたほうがよさそうですね」

「それさ」

言ってから、雅之は大きく息をついた。

「それが、なんとも説明しづれえのよ。つまり、事件になりそうな雲行きはなにもなかったってえことだ。俺も要領を得ねえんで、最初から順を追って喋《しゃべ》っていくが、まず、茂平が躰を壊して、侍奉公を辞めたことは話したな」

「ええ、その奉公先が高山家だったのですね」

「ああ、雇い直しを繰り返して、かれこれ二十年以上も勤め上げたらしいぜ。いまどき、めずらしいこった。二十代の半ばから四十八まで。そんだけいりゃあ、もう、譜代《ふだい》の家侍と変わるめえ」

「よほど、御勤めぶりが気に入られたのでしょうね」

「らしいぜ。一季奉公といやあ、中間にしろ侍にしろ、口だけ動かして、躰はちっとも動かねえってのが相場だ。ま、年に二両か三両の給金と決まってて、一年経《た》ったらお払い箱かもしんねえとなりゃあ、気持ちも分からねえじゃあねえがな。使うほうは気兼ねしいしい用事を頼んで、使われるほうはいやいやながらを隠さずに雑な仕事をする。ま、そんなこんなが当り前になってる昨今だ。ところが、茂平はそうじゃなかった。ま、いちおう侍ってことで雇われたんだから、それらしくしてたって済むのに、中間が四の五の言ってやろうとしねえ水汲《みずく》みや米搗《こめつ》きなんぞまで、進んで買って出たようだ。むろん、割り増しをよこせなんてこたあ、これっぽっちも言わねえ。そんなありがたい一季奉公がいりゃあ、気がついたら二十何年過ぎてましたってことになっても不思議はあんめえ」

「しかし……」

「なんだい」

「それだけ尽くした茂平を、高山の家は病《やまい》になったとたんに放り出したわけですか」

もしも、そうだとしたら……と直人は思う。殺しまではともあれ、茂平が道を踏み外したとしても不思議はない。

「それが、そうじゃねえんだよ。ま、あんまり芝居じみた話で、初めは眉唾《まゆつば》だったんだがな。どうやら、ほんとうらしい」

「なんなんです」

「茂平の病ってのは肝の臓で、どうやらだいぶいけねえらしい。それが分かった茂平は御家に迷惑をかけるからと、自分から誰にも言わねえで屋敷を出た。ひと月半ばかり前の朝、顔を出さねえんで、茂平の部屋へ行ってみたら、きれいさっぱり片付いていたってことだ。身を退《ひ》いたってわけさ」

なんてことだと、直人は思った。在所《ざいしょ》を出て、もう二十数年だ。百姓仕事など、とうに忘れ去っているだろう。もしも郷《さと》に還《かえ》ったら、まともな躰であったとしても足手まといだ。おまけに、病で田にも立てぬ。そんな四十八歳が、還る田舎などあるまい。おそらくは迷惑をかけたくないという一心だけで飛び出たのだろうが、いくらなんでも忠義立てがすぎやしないか。

「そんな茂平が、なんで主殺しなんです？」

「だから、順を追って話してんのさ」

「そうでしたね」

「初めは旅籠《はたご》暮らしでもしてたのかもしんねえが、わずかな蓄えなんぞすぐに尽きただろう。それからの茂平は橋の下だかお宮の縁の下だか知らねえが、住処《すみか》を持たねえ暮らしをつづけていたようだ。こいつはただの憶測だがな、野垂《のた》れ死《じ》のうとしてたんじゃあねえのか。覚悟して高山の家を出たってことは、そういうことだと思うぜ。けどな、人間、そううまい具合に逝《い》けるもんじゃあねえ。そりゃ、俺も死んだこたあねえけどさ。寿命がある限り、人間の躰《からだ》は勝手に生きようとするもんだ。この寒空《さむぞら》だ。そこに筵《むしろ》がありゃあ、知らずに手が伸びるだろう。筵を放せば凍《こご》え死ぬことができるのに、どうしても放せねえ。そうやって自分は死ねねえんだって分かると、寝座のねえ暮らしがとことん辛《つら》くなる。四日前、いよいよ切羽詰まった茂平が高山の家に泣きついたのは、そういうことなんじゃねえのかなあ」

「戻ったのですか」

「ああ、やっと立ってる躰でな、少しだけでいいから休ませてほしい、とだけ言ったらしい」

「そこで、追い返した……のではありませんよね」

だとしたら、やはり、動機になるだろう。けれど、そのときは、けっしてそうではなかろうと信じつつ言っていた。

「むろんさ。当主の元信も、奥方の田津《たづ》も、嗣子《しし》の直次郎だって、待ち構えていたかのように迎え入れた。いや、実際、待ち構えていたのさ。いなくなってから、人伝《ひとづて》に探していたんだ。なにしろ、直次郎なんざ物心ついた頃から茂平がいたわけだ。親戚《しんせき》かなにかと思って育ったようだぜ。だからさ、もしも病が治る見込みがねえなら、みんながみんな、屋敷で息を引き取ってもらってもいいくれえのつもりでいたらしい」

「それなら、主殺しになんて、もうどうやったってなるわけがないじゃありませんか」

ほんとうに、三倍泣かせます、の小屋掛け芝居のまんまではないかと思いながら、直人は言った。

「まったくだ。どうやったってなるわけがねえ。でもな、なったんだよ。こっからはけっこう話は早《はえ》え」

直人は目で、話の先を促した。

「茂平はふた晩眠りつづけた。目を開けたのは三日目の朝で、元信と田津が様子を見に行くと、濡《ぬ》れ縁《えん》に立って庭を見ていたらしい。田津の話じゃあ、なにか手伝える仕事がないか、探していたような様子だったってことだ。そこへ、庭先から、茂平のあとに雇い入れた侍が回ってきて、元信に朝の挨拶《あいさつ》を述べた。で、顔を合わせたわけだからと、元信は茂平にその侍を引き合わせたそうだ」

「ちょっと待ってください」

「なんだい」

「元信はいつその侍を雇い入れたのでしょう」

「片岡の言いたいことは分かるぜ」

雅之は右手の中指の先で卓をとんとんと叩《たた》いてからつづけた。

「茂平が見つかるまで、侍を雇うのを待ってもよかったんじゃねえのかってんだろう」

「おかしいですか」

「相変わらず、いい齢して青いが、ま、青くてなんぼの片岡だからな。でも、ま、高山家のために相手をしとくと、ひと月は待ったんだよ。でもな、いくら二百俵とはいえ、誇り高い大番士だ。そりゃあ、小姓組番《こしょうぐみばん》や書院番《しょいんばん》のような選《え》り抜かれた家筋とはちがうが、御当代様をお護《まも》りする五番方《ごばんがた》のなかでも由緒《ゆいしょ》じゃあいちばん旧《ふる》い。戦備《いくさぞな》えは番方の本分だから、そうそう、侍を空けとくわけにはいくめえよ。それでも、きっちりひと月過ぎてから雇い入れた。俺《おら》あ、ま、どっからどこまで、お互い、泣かせるような真似《まね》をしてくれてると思うぜ」

「申し訳ありません。話の腰を折りました」

「いいさ」

「戻ります。元信が茂平に、新しい侍を紹介したところでしたね」

「それなら、もう、終《しま》いみてえなものだ。主殺しはそんとき起きた」

「そのとき？」

「茂平がいきなり、侍に躰を向けていた元信の背中を突きとばしたんだよ」

そういうことか、と直人は思った。聴いてきた話のなかには、どう筋が転んでも刀などの得物《えもの》が入り込む余地はなく、いったいどうやって主殺しが起きたのか、想像すらできなかったのだが、その理由はともあれ、手口だけは理解できそうだった。

「不意を喰らったこともあって、元信は躰を庇《かば》うこともなく濡れ縁から庭に落ちた。で、運わるく、そこに敷かれていた踏み石に頭を打ちつけてな。打ちどころがわるくて……という始末になったようだ」

「殺すつもりはなかった……」

「おそらくはそうだろう。元信が打ち身くらいで済んだら、事件にすらならなかったのかもしれねえ。だが、元信は死んだ。茂平が突きとばして主が死んだ。となりゃあ、故意であろうとなかろうと、主殺しは免れねえ。御沙汰《おさた》は、吟味の前から決まっている」

「頼み人は、奥方ですか」

「というより、奥方を含めた高山家だ。高山家には、直次郎の下に、年子《としご》の孝之《たかゆき》という次男がいてな。さる両番家筋《りょうばんけすじ》の家に婿《むこ》に入って、異例の出世を遂げている。その孝之も茂平への想いは、直次郎とちょっとも変わらんらしい。なんで、こんなことになったのか、理由が分からねえままじゃあ元信だって成仏できねえだろうし、自分らにしてもこの先、腹に重い石を呑《の》んだまま日々を送ることになると言っている」

「そろそろ……」

直人は言った。いつまでも温もってはいられない。

「湯漬けを持ってきてもらったほうがよさそうですね」

「なんとか頼む。今回は時がなくて、関わりのある者に話を聴くこともかなわねえが、なんで急ぐかは承知だよな」

「作造《さくづく》りですね」

小伝馬町の牢内《ろうない》は、牢名主《ろうなぬし》を頂点とする役付《やくづき》囚人たちの縛りで治まっている。その縛りが働いて、ある罪囚を除《の》けるとなったら、翌朝、その男は骸《むくろ》になって発見され、病死として届けられることになる。それが、作造りだ。

「言ったとおり、茂平が入ってるのは無宿を送り込む西の二間牢だ。小伝馬町でいっとう荒《あれ》え。おまけに、茂平は百姓のくせに武家顔《づら》してるときている。奴《やつ》らがいちばん嫌う、半端野郎ってことになるわけだ。いつ作造りに遭ってもおかしかねえ。唯一の救いは、皮肉なもんだが、主殺しの逆罪人ってことだ。実は、突きとばしただけ、なんてこたあ知る由《よし》もねえだろうから、おそらくは、鋸挽控えてる大悪党に手は出しにくいだろう。とはいっても、そこは西牢だ。転《ころ》がり方しだいじゃあ、なにが起きるか分からねえ。やっぱし、急いでもらうしかねえのよ」

そこへ、喜助が湯漬けを運んできた。塩鰹《しおがつお》に、葛西菜《かさいな》の胡麻和《ごまあ》えも付いている。直人の好物だ。

塩鰹のほうはいつもながら塩梅《あんばい》が絶妙で、こんなときなのにしっかり旨《うま》いと思いつつ腹に送り終える。ふーと息をついて、席を立つ頃合いを見計らっていると、雅之が目の前に小判の形をした紙包みを置いた。十両、というところだろう。

「高山の奥方からの預かり物だ。ま、出処《でどころ》は次男の孝之だろうがな。もしも、理由を聴き出すことができて、そんで、もしも、片岡がその理由に得心《とくしん》がいくようなら、茂平の役に立ててやってくれってことだ」

「それがしが吟味役ですか」

「吟味役とはいっても、御沙汰は動かしようがねえ。地獄行きは決まっている。それまでの少しばっかりのあいだ、ちっとだけ楽をさせてやるかどうかの吟味役さ」

すぐに直人は右手を延ばして、懐《ふところ》に入れた。青くてなんぼの自分でも、この世には金でしか前へ進まない領分があるのは学んでいる。

「たしかに、預かりました」

外はまた、いちだんと冷え込んできたようだ。

「もうひとつ、聴いていいですか」

その冷気に包まれる前に、たしかめておきたいことがあるのを思い出した。

「なんでえ」

「この前、御用をお請けしたとき、なんでそれがしなのかと尋ねたら、爺殺《じじいごろ》しだから、と言われましたね。年寄りは、青くて、硬くて、不器用な若いのが大好きで、それで口を割る、と」

「そうだったかな」

「たしかに、これまでの三度の相手は御齢を召されていましたが、こんどの茂平はまだ四十八歳。爺とはいえません。それがしで大丈夫でしょうか」

「そりゃあ、でえじょぶだろう」

「なんで」

「だって、茂平は片岡に輪をかけて青そうじゃねえか。きっと、うまが合うさ」

やはり、雅之はいつも雅之だ。怒《いか》った肩をほぐしてくれる。


茂平は罪を素直に認めている。けれど、元信の背中を突きとばした理由に取り調べが及ぶと、とたんに貝になるらしい。

それでも、町方にとっては問題ない。罪の自白を得て、口書《くちがき》に爪印《つめいん》さえ押させれば、御番所での吟味に持っていくことができる。理由が見えずとも、もはや茂平の事件は一件落着していると言っていい。

むろん、鋸挽《のこぎりびき》ともなれば、天下の町奉行とて手限吟味《てぎりぎんみ》の外であり、刑罰の沙汰を言い渡すためには、老中へ御伺いを立て、さらには御当代様の御許しを得なければならないが、それは、ま、手続きの話だ。

しかし、仏と縁が深い者にとっては、罪の自白にも増して、罪を犯した理由が重い。なんで不意に、ほんとうに不意に、命を奪われなければならなかったのか。その理由に得心できなければ、時の経過は癒《いや》しにならず、むしろ、時を経るほどに、抉《えぐ》られた気持ちの穴が暗く膨らんでいく。

半刻《とき》ほど前に来た路《みち》を逆に辿《たど》りながら、直人は、なんで……を繰り返す。なんで、茂平は突然、背中を押したのか。なんで、それが、元信が新しい侍と引き合わせようとしたときだったのか。疑念が廻《めぐ》り廻る。

とはいえ、いくら問いかけても、答はひとつしか出てこない。

やはり茂平は、自分の代わりが目の前にいることに、衝撃を受けたのではなかろうか……。

むろん、茂平とて、そんなことは覚悟していただろう。

自分が屋敷を出てから、すでにひと月半が経っている。しかも、勝手に出て行ったのは自分だ。侍の席が空いたままであるはずもない。誰かが代わりを務めているに決まっている。

茂平のことだ。きっと十分すぎるほどに、弁《わきま》えていただろう。

しかし、だ。ふた晩眠りつづけて三日目の朝、二十年以上も慣れ親しんだ庭を目にしたら、はたしてどうだ。

きっと、茂平はそこに、二十四、五の茂平が立ち働いているのを見ただろう。三十幾つの茂平が、四十を回った茂平が、あっちへ行き、こっちへ行きするのを見ただろう。侍奉公なのに、どんな雑用でも買って出た茂平だ。その庭の主は誰でもなく、茂平だったにちがいない。

小禄《しょうろく》旗本の庭は、見る庭ではない。野菜を育て、梅や柿を育て、ニワトコやサイカチなどの漢方の木を育てる庭だ。井戸で作物の泥を落とし、落ち葉で堆肥《たいひ》をつくり、表の下水へ通じる溝《どぶ》を浚《さら》わなければならない庭でもある。仕事はたっぷりと用意されている。

果実や漢方の木の多くは、あるいは茂平が植えたのかもしれない。二十数年だ。柿だって苗木から成木になり、十分に張った根が土から滋養を吸い上げて、たっぷりと甘い実を付ける。

その自分の庭を、見知らぬ一季奉公がいかにも家人《けにん》然として歩いているのだ。頭では分かりすぎるくらい分かっていても、目《ま》の当たりにすれば、気持ちは激しく波打ったのではあるまいか。

あまりに、ありきたりといえば、ありきたりだ。

でも、逆に、人は複雑な理由では動けぬものだ。一行で書き尽くされる自由でのみ、人は動く。徒目付という御役目を務めて、それを学んだ。人はしばしば、目の前に見えている罠《わな》を踏む。まるで、自ら足を踏み入れるかのように。

そうだ。それでいい。その理由でいい。足を送りながら、直人は納得を試みる。

けれど、効き目があったとは言えない。

それでいい、と得心しようとするそばから、それでいいのか、という問いが返ってくる。

ならば、他になにがある？

振り絞った頭をさらに振り絞ろうとしたとき、前から歩いてきた男とぶつかりそうになった。

咄嗟《とっさ》に身をかわして、失敬をした、と言うと、向こうも、いや、当方こそ、と応《こた》える。

浪人姿だが、抱えた籠《かご》には葉物や根菜《こんさい》が入っていて、どこかで、その顔を見た覚えがあるのだが、夜とあって定かではない。

はて、どこでだったかと記憶をたどりつつ再び歩み始めて、思い出したのは五、六歩も進んだときだった。

下谷広小路の露店で、偽系図《にせ》を商っていた沢田源内《さわだげんない》だ。

この六月にあった真桑瓜《まくわうり》が関わる事件で、解決の緒《いとぐち》を与えてくれた浪人である。

露店の前に立ち、自分の姓を言ってから、甲斐武田《かいたけだ》氏とか小田原北条《おだわらほうじょう》氏とか指図《さしず》すると、適当な家系図を選び、ちょこちょこと書き換えて寄こしてくる。

他にも、乳が三倍出るようになる食い合わせだとか、焼いて灰を飲めば瘡《かさ》にかからない傘の絵とか、いい加減な刷り物ばかりを置いていて、その刷り物のひとつが事件の解決に大いに役立った。

それからも何度か、言葉を交わして客にもなったが、本名は知らない。

沢田源内というのは、いんちき系図づくりの元祖の名らしい。広小路の源内は、元祖源内のことを、偽の史書や偽系図の世界における宮本武蔵のようなものだと言っていた。

そうだ、あの源内にまちがいない、と思って振り返れば、向こうもこっちを見ている。

沢田源内殿か、と声をかけると、ああ、やっぱり、あの広小路の、と言って近寄ってきて、見慣れた笑顔を見せた。

下谷広小路では、やくざな稼業《かぎょう》にもわるびれることなく、いつもにこにことしていて、どこかしら雅之に似ていたが、神田の夜でもそれはまったく変わらない。初めて会ったときに好ましい印象を持っても、会う場処が替わると受ける感じも変わってしまう者もめずらしくないが、雅之がいつも雅之であるように、源内もあのまんまの源内だ。

「ここひと月ばかり見かけなかったではないか。神田に移ったのか」

なぜか、旧友に再会したような気になって直人は語りかけた。

「さよう。いまはこの多町で暮らしておる」

どこか浮世離れした話し方もそのままで、相変わらず、どんな場処にも彼岸《ひがん》はあるのだと思わせてくれる。あのときも、御用とまったく関わりのない言葉を交わしているうちに、なぜか汐《しお》が引くように疲れが薄れていったが、今夜もそうなりそうだった。

「稼業も変わらずか」

いまは神田明神《かんだみようじん》あたりで系図を商っているのかもしれない。

「いや、いまはまた別の稼業だ。多町ならでは、と言ってもいい」

近くで見ると、籠のなかの葉物は蕪菜《かぶらな》で、根菜は牛蒡《ごぼう》だった。

「ああ、青物商いだな」

「いや、これは、これから菜《さい》にするのだ」

「料理人になったのか」

「料理は日々するが、料理人ではない。実は、それがし、ある比丘尼《びくに》の世話になっておってな。代わりに、炊事、洗濯等、身の回りの一切の面倒を引き受けておる」

「それはつまり、比丘尼のヒモと受け取ってよいのか」

「それがしはヒモとはちがうと存じておるが、敢《あ》えて反駁《はんばく》する気はない。この世に真実はない。あるのは事実だけだ。偽系図商いで、学んだ。ヒモの真実はないが、ヒモの事実はあるということだ」

「相変わらず、為《ため》になる」

　源内がその気で語ると、あらかたは分からない。分からないのが、逆に為になる。固まりがちな頭が、白紙に近くなる。

「寄っていくか。紹介する。多町一の比丘尼だ」

「いや、これから向かわなければならん処がある」

「惜しいな。これで、お主は女で人生棒に振る、希有《けう》な機会を逸した」

「俺にそんな甲斐性《かいしょう》はない」

「己をみくびるな。お主とて、相手さえ得れば、立派に転がり落ちることができる。

ま、いずれまた会おう」

「名は、沢田源内でよいのか」

「いや、いまは島崎貞之《しまざきさだゆき》という」

「それが本名か」

「そうではない。比丘尼に、自分と暮らすなら、その名前にしてくれ、と言われた」

「どんな理由であろうな」

「分からん。分かろうとも思わん」

「お主、名前をいくつ持っておる？」

「名前は常にひとつだ。いまは島崎貞之として生きておる」

「沢田源内のときは、沢田源内として生きておったということか」

「むろんだ」

「ほお……」

また、分かったようで、分からない。分からないが、ぼんやりとしていたなにかが、輪郭を結ぶ予感があった。

「沢田源内と島崎貞之は別の者か」

「当然であろう。お主も一度、ちがう名を生きてみたらどうだ」

「心当たりがない」

「島崎貞之なら譲ってもよいぞ」

「それはお主ではなく、比丘尼殿が決めることであろう」

「ちがいない」

二人して声を立てて笑うと、この前と同じように、気が満ちていくのが分かった。そして、別れを言って、再び足を動かすと、知らずに唇が、名前か、と呟《つぶや》いて、元信の背中に手を延ばす茂平が、うっすらと像を結んできそうな気がした。

雅之から預かった十両は大事に遣《つか》わなければならない。夫を、父を落命させた相手のために用意したカネだ。ふつうならば、ありえない。菩薩《ぼさつ》のカネと言ってもいい。そんなカネを預けるような一家だからこそ、茂平は己を捨てて奉公ができたのだろうか。

取り出して頭を下げてから包みを開け、まずは一枚をつかって、揚座敷と揚座敷のあいだにある当番所のひとつを借り受け、茂平を西の二間牢《ろう》から連れ出してもらった。

百姓町人、そして武家でも御目見以下の御家人と、大名旗本の家臣は、町方の管轄《かんかつ》である。もしも直人が茂平を聴き取りしているところを町同心にでも見られたりしたら、ただでは済まない。同様に、旗本を収監する揚座敷の当番所に町方が立ち入っても、ただでは済まない。つまり、小伝馬町牢屋敷でもそこでなら、心おきなく茂平から話を聴くことができるのだった。

茂平は生きていた。蠟燭《ろうそく》を廻《めぐ》らせて躰《からだ》を改め、爪や指のあいだなども診てみたが、いたぶられてもいなかった。雅之が言ったとおり、やはり、牢名主《ろうなぬし》とて、鋸挽《のこぎりびき》を控えた逆罪人には手を出せないらしい。

とはいえ、問題がないわけではなかった。蠟燭の灯りであることを差し引いても、茂平の顔色はいかにもわるかった。意外にも、茂平は整った顔立ちをしている。通町筋の呉服屋の店前《たなさき》に立たせてもおかしくはないようなその見栄《みば》えが、顔の土気色《つちけいろ》をいかにも際立《きわだ》たせていた。

鍵役《かぎやく》の牢屋役人に聴いたところでは、元信が息を引き取ったのを茂平が知ったのは牢屋敷に入ってからで、それからはずっと口をきかぬらしい。もとより、苦もなく話を聴き出せるなどと踏むはずもないが、それにつけても難儀が想われ、はて、どこから切り出すかと思案していると、意外にも、牢屋役人が席を外すやいなや、茂平のほうからそのときを待ち構えていたように口を切った。藁《わら》にもすがる、という風情《ふぜい》だ。

「失礼とは存じますが、権家《けんか》の方とお見受けいたします」

権家とは、権勢を持つ者を指すが、通常は幕閣に連なるくらいでなければ用いない。茂平は権家という言葉の使い方を誤っている。

「権家というほどではないが……」

床机《しょうぎ》に座した直人は、曖昧《あいまい》に答える。はっきりと否定すれば、せっかく持ち出された茂平の話の腰を折ってしまう。

「わたくしのような逆罪人を牢から出し、このようなところで人払いの上、聴き取りをされるのは、権家の方でなければできないのではと存じます」

当番所には赤く熾《おこ》った炭が入っていた。骨の髄まで凍えそうな牢とは別世界だ。

「それで、なんとしてもお頼みしたいことがございます」

「言ってみな」

茂平の必死の形相《ぎょうそう》に促されて、言葉が出た。

「わたくしをここから出していただけないでしょうか」

「ここから出す」

「はい」

もとより、尋常な頼み事ではなかろうとは予期していたが、それにしても脱獄を持ちかけられるとは想ってもみなかった。

「ここを出て、どうする？」

話の流れを止めぬよう、直人は言葉を選ぶ。

「わたくしの罪状はご存知でしょうか」

「おおむねは」

「昨日、こちらで……」

言い出したとたん、床に落とした目から涙がぼたぼたと落ちた。

「御殿様が……」

五十間近の男の目から涙がこんこんと湧いて、やがて洟《はな》も加わる。

「身罷《みまか》られたのを知りました。いえ、わたくしが逆罪を犯しました」

突いた両手の指先は立って、爪が床に喰《く》い込みそうだ。

「わたくしはこのまま、こちらで御仕置きを受けるわけにはまいりません」

涙を振り絞って顔を上げ、直人の目をまっすぐに見据えてつづけた。

「わたくしは討たれなければなりません」

「討たれる」

「はい。奥方様と、若殿様から、仇《かたき》として討たれなければなりません」

直人は顎《あご》を上げ、大きく息をついた。

「なんとしても、ここを出なければならないのです。どうぞ、御慈悲をお願いいたします。貴方《あなた》様のお力で、ここから出してくださいませ」

茂平はごりごりと、額《ひたい》を床にこすりつける。まるで穴でも掘ろうとするかのように。

「おまえに、ひとつ教えるがな」

頃合いとみて、直人は口を開いた。

「はい」

「まず、俺は権家などではない」

茂平がゆっくりと顔を上げる。

「ここで、こうしているのにはカネをつかった。一両だ。そういうカネは受け取った相手のみならず、百人からいる他の牢内役人や獄丁《ごくてい》にも回り回って、きつい牢屋勤めの身過ぎの足しになる。で、こういうことができる」

茂平はじっと直人を見ている。

「次に、その一両だが、むろん、俺が出したわけじゃあない」

目の奥に小さく光が湛《たた》えられた。

「用意したのは、おまえの言う奥方様と若殿様だ」

直人を見上げる目に、また、みるみる涙が湧く。

「だから、おまえがここを出ても、おまえの望みどおりにはならんだろう。奥方も若殿も、おまえを仇とは見なしていないようだ」

直人は手を延ばして、火鉢に炭を足してからつづけた。

「もしも、おまえに討たれようという気があるのなら、なんで、こういう仕儀に至ったのかを素直に語ることだ。高山家の皆様はなによりもそれを知りたがっている。それが分からなければ、お殿様だって成仏できまいとのことだった」

茂平が、がくっと項垂《うなだ》れる。認めた直人は、ここだと思った。ここで、本題に、分け入らなければならない。

「俺から訊《き》いていこうか」

床を向いたまま、茂平はゆっくりとうなずいた。

「まずは、おまえの名だ」

初めに、水落《みずおち》を通す。それが、本流を止めている堰《せき》を除く鉄則だ。

「茂平、でございます」

蚊の鳴くような声で答えた。

「そうではなくて、おまえが二十数年、高山の家で使っていた名前だよ」

嚙《か》んで含めるように、直人は言った。この水落が通れば、あとは意外に早いはずだ。

「侍としての名だ」

また、床に、涙がぼたぼたと落ちる。

「中村《なかむら》……」

絞り出すように、茂平は答えた。

「庄蔵《しょうぞう》でございました」

口で息をついてから、直人はまた問うた。

「して、おまえのあとに侍になった者の名は？」

答は返らない。

「あの引き合わせのとき、御殿様から聴いただろう。新しい侍の名を」

しばし待ったが、茂平は黙したままだ。

「俺から言おうか」

わずかに、茂平が頭をもたげる。

「中村庄蔵、だったのではないか」

とたんに、茂平は泣きじゃくった。

五十になろうとする、土気色の顔をした男が、子供のように、わあわあと泣いた。

直人は唇を結んで、丸まった茂平の背中を見ていた。

「そのとおりでございます」

再び茂平が口を開いたのは、新たに足した炭の茄子《なす》のヘタほどが、橙色《だいだいいろ》に染まった頃だった。先刻までとは見ちがえる、憑《つ》き物が落ちたような顔で、茂平は語り出した。

「あのとき、わたくしは、御家《おいえ》にご迷惑はかけられないという切羽詰まった気持ちで御屋敷をあとにしました。けれど、結局は、かえってたいへんな厄介になってしまった。そして、いったん舞い戻って御情けにすがってしまったわたくしは、再び、御屋敷を出る気力を失っておりました。とはいえ、むろん、侍に戻りたいなどという大それた望みは抱いておりませんでした。お給金などいらないし、下男でもなんでもよいから、御屋敷の片隅にいさせていただければと願っておったのです。ですから、新たに侍となった者に引き合わされても、なんら含むところはございませんでした」

直人は、やはり、ありきたりの理由ではなかったのだと思いつつ、聴いていた。

直人の最初の推量は、はっきりと外れた。

「御殿様からも、いろいろ教えてやってくれ、と言われましたので、わたくしが御屋敷で学ばせていただいたことが役立つのであれば、なんでも包み隠さず開け広げようと思っておりました」

そのままであれば、そこに凶事が起きる余地はなくなる。

「その前に、申し上げておきたいことがございます。さきほどの貴方様のお言葉で、ひとつだけが事実とは異なっております」

そこからだ、と直人は思った。

「新しい侍の名は、御殿様から聴いたのではございません。侍が自ら名乗ったのです。申し上げたように、わたくしは、尋ねられればなんなりと答える用意がある旨を侍に伝えました。侍も謝辞を述べ、そして最後に名前を添えたのです」

小さく息をついてから、茂平は、いや、中村庄蔵は言った。

「そうです。おっしゃるとおり、中村庄蔵、と名乗りました」

熾《おこ》りかけた炭が、ばちんと跳ねた。

「それを聴いたわたくしはうろたえました。わたくしも再び中村庄蔵を名乗ろうと思っていたわけではございません。御屋敷の片隅にいさせていただければと願った気持ちに偽りはなかった。わたくしはなにも望んでおりませんでした。中村庄蔵は侍の名ですので、むろん、もう名乗るつもりはなかったのです。百姓の頃の名である茂平でさえなければ、どんな名で呼ばれようと構いませんでした」

「ただ、中村庄蔵の名を……」

直人は、茂平が語り出して初めて、言葉を挟んだ。

「あの屋敷で、他の者が名乗ることだけはまったく想ってもみなかった」

沢田源内と別れて足を運ぶ暗い路《みち》で、その筋がふっと浮かんだ。もしも、茂平が失うものがあるとしたら、侍の名前であろう、と。それだけは、なんとしても奪われたくなかったのであろうと。

「そのとおりでございます。わたくしはもう二十数年、中村庄蔵として在りました。中村庄蔵として語り、振る舞い、そしてなによりも、中村庄蔵として考えました。わたくしはもはや中村庄蔵を名乗ることはないけれど、わたくしのなかで中村庄蔵はわたくしだけの名であったし、これからも、そうであるはずだったのです。なのに、見も知らなかった者が目の前で中村庄蔵を名乗っている。わたくしは、混乱しました。ぐらぐらとして、なにがなにやら分からなくなりました。そして気づいたら、御殿様の背中を手で突いていたのです。そのあとはもう頭が真っ白になって、ごちゃごちゃで、ぼんやりと覚えているのは、御屋敷を跳び出して路すがらの辻番《つじばん》所《しょ》に駆け込んだことくらいで、定かではございません」

きっと、中村庄蔵としての二十余年は、茂平の人生のすべてなのだろう。現実の世での身過ぎがどうであろうと、あの日々を思い出すだけで微笑《ほほえ》むことができる。それは誰でもない茂平が、自らの手で織り上げた見事な錦《にしき》だ。

人が嫌がる仕事に率先して励む中村庄蔵の忠義を縦糸に、高山家の面々が喜ぶ笑顔を横糸に織られた錦。それはもはや茂平の記憶に封印されただけに、誰からもその輝きを損なわれることはないはずだった。

そこに現れたのが、想いもかけず中村庄蔵の名がついた見知らぬ糸だ。そんな糸が使われたら、今が過去を侵し、記憶のなかの錦が解《ほど》けてしまう。茂平は必死になって、瞬時のうちに、護《まも》る術《すべ》を求めて頭を廻《めぐ》らせたのだろう。けれど、なにひとつ想い浮かばず、ばさばさと織り目がばらける音だけが響いた。きっと、突き出された手は、解けるのを止めようとする手であり、あるいは、声にはならぬ叫びだったにちがいない。

直人の懐には、まだ九両が残っていた。このカネは遣われるべきだ、いや、遣わなければならないと直人は思った。

床机《しょうぎ》を立って、茂平の前で膝《ひざ》を突き、目の高さを同じにして、前もって六両と三両に分けておいた、三両のほうの包みを差し出した。「さっき言った、奥方様からお預かりしたカネだ。こんななかではツルと呼ばれてな。まさに、先立つものになる。ありがたく頂戴《ちょうだい》しておきな」

黙って首を横に振る茂平の懐に有無を言わせずに包みを捩《ね》じ込み、ご苦労だったな、とだけ言って、立ち上がり、当番所を出た。

詰所に寄って、一切を仕切ってくれた鍵役《かぎやく》を呼び出し、礼を述べた上で、新たな便宜を頼む。

あの土気色をした病人を、二間牢《ろう》に戻すわけにはいかない。前もって、揚座敷のひとつが空いていることはたしかめていた。揚座敷ならば七畳の畳敷きで、食事も本膳《ほんぜん》だし、世話をする者も付く。

残った六両の包みを押し付けて、深々と頭を下げた。

その二日後、茂平は揚座敷で息を引き取った。

あの顔色からすれば長くはなかろうとは思っていたが、それにしても急で、雅之は真顔《まがお》で、あつらえたようだねえ、と言った。

それは、関わりのある者ならば、誰もが密《ひそ》かに望んだであろう頃合いだったからだ。

茂平の御白州《おしらす》での吟味はこれからで、沙汰《さた》はまだ出ていなかった。おのずと罪は未決となり、罪科と刑罰を明らかにした落着請証文《らくちゃくうけしょうもん》も出ないので、鋸《のこぎり》挽《びき》も立ち消えになった。

なんでもかでも手続きを踏んで、書類をそろえないと前へ進まない四角四面の仕事ぶりが、こういうときには吉と出たのだった。

「亡骸《なきがら》は高山家で引き取って、ま、内々にだが、弔いも済ませたらしい」

それから三日が経った七五屋で、雅之が言った。

「それだけは、よかったです」

今夜は、直人は最初から猪口《ちょこ》を手にしている。いつもの伊丹《いたみ》の剣菱《けんびし》だが、いつものように旨《うま》くはない。供養《くよう》の酒だ。

「上々さ」

雅之も一気に猪口を干した。

「そうでしょうか」

卓の上に、肴《さかな》は見えない。

「畳の上で成仏できたんだ。この世の地獄で逝かずに済んだ。片岡はよくやったよ。名前に目を付けるなんざ、青くて固いばっかの奴にできることじゃねえ」

直人は茂平の最期を想う。

薄れていく意識のなかで、中村庄蔵の日々を想い浮かべ、茂平は微笑むことができただろうか。あの錦を、愛《め》でながら逝くことができただろうか。

そうであったら、よいのだが……。

「で、なんで新しい侍にも、中村庄蔵の名をつけたのかが気になってな」

燗徳利《かんどつくり》を傾けながら、雅之は言った。雅之は手酌が似合う。

「聴いてみたんだが、高山の家では、侍は代々、中村庄蔵を名乗ってたそうだ。茂平で六代目らしい」

「一季奉公を雇う家は、あらかたそのようですね」

今夜は一段と冷え込む。ひょっとしたら、初雪になるかもしれないと思いながら、直人はつづけた。

「幾多の奉公人が入れ替わり立ち代わり、ひとつの同じ名前を名乗る」

「どうせ一年こっきりだし、いちいち新しく名前を付けるのも面倒ってことなんだろうが、高山家の理由はちっとばかしちがうようだ」

「そうでしたか」

「もう三十年かそこらも前の話になるんだろうが、譜代の最後の家侍の名が中村庄蔵でな。それが絵に描いたような忠義者だったようで、以来、その初代にあやかるように、中村庄蔵の名を付けていたらしい」

「茂平は初代以来の、忠義の侍だったわけですね」

「ああ、六代目中村庄蔵は立派な家侍だった。だから、もう中村庄蔵の名は茂平で終《しま》いにして、新しい侍には別の名前を付けようかという話も出たらしいが、なにしろ、いい奉公人に当たるのは富籤《とみくじ》に当たるのとおんなじくれえむずかしい昨今だ。茂平が願ってもないほどに務めてくれたお蔭《かげ》で、中村庄蔵の名はこれまでにも増して霊験《れいげん》あらたかな守り札になっていたから、やっぱしあやかってほしいってことで、七代目をつくっちまったらしい。皮肉なもんだがな、六代目までの中村庄蔵は初代がこさえたが、七代目は六代目中村庄蔵がつくったってわけさ」

無理もない願いが、無理もない罪を引き出す……それもまた人の世なのだろうが、そういうものと得心できるのは、赤の他人だけだろう。

「降ってきましたよ」

小上がりからは見えない板場から、喜助の声が届く。

「ちらほらと白いのが」

油紙を張った窓をわずかに開けて、雅之が唇を動かした。

「涙は流してねえ、ってことだ」

そろそろカイズを出していいですか、と喜助が言い、ああ、ちゃんと焼き塩振ってくれたろなあ、と雅之が言う。


（新潮文庫『半席』に収録）

死んだふり

宇江佐真理

宇江佐真理（うえざ・まり）

1949年函館市生まれ。函館大谷女子短期大学卒業。95年『幻の声』でオール讀物新人賞を受賞しデビュー。2000年『深川恋物語』で吉川英治文学新人賞、01年『余寒の雪』で中山義秀文学賞を受賞。他の著書に「髪結い伊三次捕物余話」シリーズ、『通りゃんせ』、『口入れ屋おふく 昨日みた夢』、『夕映え』、『雷桜』、『おはぐろとんぼ 江戸人情堀物語』、『為吉 北町奉行所ものがたり』などがある。15年11月、逝去。

一

小塚原《こつかっぱら》の刑場は江戸《えど》の北の外れにある。
山谷堀《さんやぼり》まで舟を頼み、そこから駕籠《かご》や徒歩で向かうところは吉原《よしわら》通いとさほど変わりがない。事実、浅草山谷町《あさくささんやまち》の辻《つじ》を西に折れると、幾らも歩かない内に吉原大門《おおもん》前の衣紋坂《えもんざか》に辿《たど》り着く。田圃《たんぼ》の中に町のごとく見える一郭は、紛れもなく、その吉原だ。

だが、刑場へ歩みを進める刑部小十郎《おさかべこじゅうろう》と田島末七郎《たじますえしちろう》には、その時、吉原のことは眼中になかった。刑場への道を黙々と歩くばかりだった。道は千住大橋《せんじゅおおはし》へと続いている。小塚原の刑場は、その手前だった。道の周りはすべて田圃で、重く実をつけた稲穂が秋の風にさわさわと揺れていた。すでに刈り取りを済ませた田圃もあり、そちらは水を抜かれ、薄茶色の地肌を現している。小十郎は額にうっすら汗をかいていた。

朋輩《ほうばい》の正木《まさき》庄左衛門《しょうざえもん》が処刑されたのは三日前のことである。

昨年の十月、町奉行所に捕縛《ほばく》された庄左衛門に市中引《ひ》き廻《まわ》しの上、獄門《ごくもん》の沙汰《さた》が下った。

捕縛されてから、およそ十ヵ月後の八月二十九日に刑が執行された。それとともに小十郎の謹慎処分も解かれた。一年以上に亘《わた》る謹慎だった。

小十郎は引き廻しの行列を見ることはできなかったが、藩の御長屋《おながや》に寄宿している藩士の何人かは京橋《きょうばし》辺りまで出て、庄左衛門と最後の別れをしたらしい。

引き廻しの行列は小伝馬町《こでんまちょう》の牢屋敷《ろうやしき》から江戸橋《えどばし》、八丁堀《はっちょうぼり》、南伝馬町《みなみでんまちょう》、京橋、札之辻《ふだのつじ》まで行って引き返し、赤羽橋《あかばねばし》、溜池《ためいけ》、赤坂《あかさか》、四谷《よつや》、牛込《うしごめ》、小石川《こいしかわ》、本郷《ほんごう》へ向かい、上野《うえの》、浅草、蔵前《くらまえ》を通り、馬喰町《ばくろちょう》から牢屋敷へ戻る行程《は》だった。

御長屋に帰ってきた藩士達は誰しも眼を真っ赤に腫《は》らしていた。庄左衛門の様子に耳を傾ける小十郎を彼等は冷ややかな眼で見た。

お前ばかりが、のうのうと生き延びて。その眼が言っていた。

仙石《せんごく》藩浪人　正木庄左衛門
二十八歳

其《そ》の方儀《ほうぎ》、島北志摩守家筋《しまきたしまのかみいえすじ》の儀は、古来仙石家臣下の筋目に有之処《これあるところ》、当志摩守の代に至り、家格はもちろん、官位とも結構に相成《あいな》り、なお昇進も可有之趣《これあるべき》、仙石右京大夫及《うきょうのだいぶうけたまわるにおよび》承、志摩守儀、仙石家同格に可相成《あいなるべし》と、右の儀を残念に存じ居り候《そうろうや》哉、気鬱《きうつ》の上、発病死去致し候《そうろう》。

（中略）

其の方、仙石家仕官の身分には無之候得《これなくそうらえ》ども、主人の右鬱憤《うっぷん》を可晴《はらすべし》と、関川丹《せきかわたん》後《ご》外二名へも申し勧《すす》め、志摩守帰城の折、道筋にて待ち伏せ、右遺恨を申し述べ、同人、隠居致すならば格別、左《さ》も無之《これなき》に於《お》いて、鉄砲を伏せ置き、打留《うちとめ》候のつもりあり。公儀を恐れぬ仕形《しかた》、不届《ふとど》き至極《しごく》に付《つき》、獄門を申付候。

夏目道場の朋輩であった関川丹後も同様に獄門の沙汰となったが、刀鍛冶《かたなかじ》小吉《しょうきち》と庄左衛門の弟子達は構《かま》いなしだった。島北藩は、なお二名の仙石藩士が事件に加担しているとして、その者を差し出せと仙石藩に掛け合っていた。その二名とは小十郎と賢龍《けんりゅう》を指していた。

小塚原の刑場は、烏《からす》の鳴き声が耳につくだけで、他は何んの物音もしなかった。時折吹く風が汗を浮かべた小十郎の額を心地よく嬲《なぶ》った。五寸角の材木を二本立て、さらに一本をその上に真横に置いた晒《さら》し台には二つの首が並んでいた。すぐに前に行かなかったのは、年老いた一人の武士が掌《て》を合わせてこうべを垂れていたからだ。経をぶつぶつと唱える声も聞こえた。その武士は庄左衛門に深い同情を寄せ、わざわざ小塚原までやって来たのだろう。

顔を上げた武士は、なおしばらく二つの首をじっと見つめていたが、やがて踵《きびす》を返した。小十郎と末七郎に軽く会釈をすると静かに去って行った。

「正木！」

末七郎は武士の足音が聞こえなくなると切羽詰まった声を上げた。小十郎も庄左衛門の首を目の前にして胸が塞《ふさ》がった。言葉が出ない。ただ涙ばかりが頰を伝う。

晒し台の横に立ててある捨《す》て札《ふだ》には庄左衛門が忠義のために事を起こしたとある。江戸の人々は庄左衛門を義士と見て、島北藩には憎しみを露《あら》わにした。かつて赤穂《あこう》浪士が主君の仇《あだ》討ちをしたことと庄左衛門の仕形を重ね合わせていたのかも知れない。

島北藩は帰城の道筋を変更して難を逃れたが、江戸の人々は、たかが五、六人の刺客のためにそうしたとは、島北藩には臆病者《おくびょうもの》が揃《そろ》いも揃っていると笑いものにしていた。

眼を閉じている庄左衛門は穏やかな表情に見えた。島北侯を隠居させることは叶《かな》わなかったが、藩主の汚名を雪《そそ》ぐべく企てをしたことは町奉行所と江戸の人々に理解された。

庄左衛門は満足し、従容《しょうよう》として死を受け入れたのだ。小十郎はそう思った。だが、庄左衛門が自分と賢龍の名を奉行所に明かさなかったことは小十郎の心の負担にもなっていた。

いっそ、自ら名乗り出て、庄左衛門ともども果てたいと何度思ったことだろう。しかし、末七郎が二六時中《にろくじちゅう》、小十郎の傍を離れなかったし、御長屋の他の藩士達もさり気なく小十郎の行動に眼を光らせていて、その機会は巡って来なかった。

謹慎処分が解かれると、小十郎は真っ先に庄左衛門の首が晒されている小塚原へ行きたいと末七郎に縋《すが》った。庄左衛門に詫《わ》びを言いたかった。許しを乞《こ》いたかった。

末七郎は小十郎の気持ちを察して肯《うなず》いてくれた。

小十郎は地面にひざまずくと「庄左衛門、許してくれ」と男泣きした。

「殿はこれで安らかに成仏なさるはずだ」

末七郎は小十郎を慰めるように言ったが、それは少しも慰めにはならなかった。自分の腑甲斐《ふがい》なさばかりが胸を覆った。

「おぬしは運がよかったのだ。まかり間違えば、おぬしも正木の隣りで同じように首を晒していたのだからな。この先は正木の分までお務めに励むことだ」

末七郎は吐息交じりに続ける。

「庄左衛門は浪人扱いだったが、おれはれきとした仙石藩士だ。その場合は、獄門ではなく切腹だ」

小十郎はやんわりと末七郎の言葉を訂正した。

「死ねば同じだ」

末七郎は声を荒らげた。袴《はかま》の裾《すそ》を払い、小十郎はゆっくりと立ち上がった。

「おれは庄左衛門に大きな借りを作ってしまった。この借りは一生掛かっても返せない」

小十郎は低い声で言った。

「正木はそんなふうに考えていないよ。最初から奴は死を覚悟していたはずだ。いやいや助っ人《すけと》に出たおぬしまで道連れにするものか」

「いやいやとは、ひどいことを言う」

「そうだろうが」

「島北の行列を待ち伏せした時は、おれだって死を覚悟したんだからな」

そう言うと、末七郎は、はっとした顔になり「すまん」と低い声で謝った。

「小十郎。おぬし、今、何が望みだ」

末七郎は小十郎の機嫌を取るように訊《き》いた。

「望み？」

「ああ。久しぶりの外出だ。少し羽を伸ばしても罰は当たらない。帰りに吉原をひやかすか、それとも浅草で何かうまい物でも喰《く》うか」

小十郎は苦笑して鼻を鳴らした。その程度のことに望みなどと大袈裟《おおげさ》な言葉は必要ない。

本当の望みとは心底好《す》いた女を妻にして、明るい家庭を築き、子をもうけ、両親に孝養を尽くすことだった。小十郎の望みは凡庸過ぎるものだが、今の小十郎には極めて難しい問題でもあった。つかの間、ゆたの顔が脳裏を掠《かす》めた。ゆたはすでに人の女房だった。小十郎がどれほど手を伸ばしても、もう届かない。

「望みなど何もない」

小十郎は憮然《ぶぜん》として言い放ち、庄左衛門の首に掌を合わせた。

二

二人は帰路、浅草寺《せんそうじ》前の広小路《ひろこうじ》に出ると、目についた鰻屋《うなぎや》に入り、遅い昼飯を摂《と》った。

鰻ができ上がるまで一本ずつ頼んだ銚子《ちょうし》の酒を二人は大事そうに飲んだ。

「小十郎。おぬし、久松町《ひさまつちょう》の古道具屋へ顔を出さないのか」

末七郎はふと思い出したように訊いた。小十郎は内心で動揺した。末七郎は謹慎も解けたことだし、一年も世話になった紅塵堂《こうじんどう》へ、ちょっと挨拶《あいさつ》したらどうかと考えている。末七郎の言い分はもっともだと思う。小十郎も早くそうしたかったが、やはりゆたのことを考えると及び腰になる。ゆたの父親の八《はち》右衛《え》門《もん》にはゆたを妻にしたいと、はっきり口に出しているからだ。あんなこと言わなければよかったと小十郎は後悔していた。

「それには及ばぬ。あそことは、もはや縁も切れた」

「そうなのか？　おぬしのお父上は今でも時々、足を運んでいるようだぞ」

「父上には骨董《こっとう》の趣味があるから、安い出物でもないかと顔を出すのだろう」

「梅雨の頃、お父上は傘立てを注文された。ほれ、台所の勝手口に置いてあるものだ」

「ああ。前に使っていたのが割れたとかで女中達が騒いでいたからな」

長年見慣れた常滑焼《とこなめやき》の傘立てが信楽焼《しがらきやき》のものに変わったのには気づいていた。

「うん。勝手口には出入りの商人《あきんど》も頻繁にやって来る。雨の日なら傘の置き場所に困る。それでお父上は手頃な品を、あの古道具屋に頼んでいたらしい。ほどなく、古道具屋は大八車を引いて品物を運んで来たが、その時、娘らしいのが傍につき添っていたよ」

ゆただ。小十郎はすぐに思った。ゆたは鳶職《とび》の男の所へ嫁に行ったが、今でも時々は実家の手伝いをしているのだろう。

「それで、品物を納めた後に、娘はお屋敷の様子をきょろきょろと眺めていた。まるで誰かを捜しているふうだった。小十郎、あの娘はおぬしを捜していたんじゃないのか」

末七郎は小十郎の表情を窺《うかが》うように続ける。

「さて、それはどうかの。あの娘は嫁に行ったと聞いた。今さらおれに用事はないはずだ。大名屋敷の中が珍しかっただけだろう」

「そうかな」

末七郎は腑《ふ》に落ちない顔をしていた。末七郎は話を続けようとしたようだが、その時、見世《みせ》の小女が蒲焼《かばやき》を運んで来たので、ゆたの話は、それで立ち消えとなった。

小十郎の父親の刑部秀之進《ひでのしん》は小十郎の身の振り方に苦慮していた。このまま上屋敷に小十郎を留《と》め置くことは、まずいと考えていたらしい。

島北藩からは相変わらず庄左衛門に加担した藩士を差し出せと掛け合いが激しかったし、屋敷内の藩士達が小十郎を見る眼にも引っ掛かるものがあった。

庄左衛門が捕縛されたことには島北藩家老、島北主計《かずえ》の意向が大いに反映されていた。そのことに秀之進はとっくに気づいていた。庄左衛門が捕縛されるや、その企てを裏づける書類が五部、ひと綴《つづ》りにして島北藩から北町奉行所に差し出されていたからだ。

秀之進はむろん、庄左衛門の命を助けたかったし、奉行所も大名同士の小競り合いとして処理したかったはずだ。だが、主計は何が何んでも庄左衛門を捕らえて、その首を刎《は》ねなければ参観交代《さんきんこうたい》の道筋を変更した面目が立たないとばかり、強引に庄左衛門の企てを事件にしてしまった。それでも溜飲《りゅういん》が下がらなかったのは、江戸府内の風向きが島北藩ではなく仙石藩に好意的に傾いていたからだろう。それゆえ主計は、残る二名を捕縛して処刑し、島北藩の威厳を保とうとしたのである。

庄左衛門達が島北侯に何らかの危害を加えたのなら、島北藩の言い分はもっともである。小十郎も責任を負わねばならない。

しかし、庄左衛門も小十郎も実際は何もしていない。島北藩主の帰城の道筋で待ち伏せしていただけだ。首謀者の庄左衛門と関川丹後の二人が責任を取ったのだから、それ以上の必要はないと、秀之進ばかりでなく、仙石藩の重職達は誰しも考えていた。

小塚原の刑場に行ってから少しして、小十郎は秀之進から呼び出しを受け、本殿の書物部屋に出向いた。上屋敷には書物部屋が三つほどある。藩史の集大成とも言うべき『仙石秘府《ひふ》』や重要書類を納めている書院には、藩士といえども気軽に立ち入ることはできないが、呼び出された書物部屋は藩士が調べ物をしたり、読書をしたりするために開放されていた。

二十畳ほどの部屋には書棚が幾つも並んでいる。流行《はやり》の浮世絵《うきよえ》の画集なども揃えてあった。窓辺には話をする場所を設けられている。

小十郎は秀之進が現れるまで窓框《まどかまち》に腰を乗せ、所在なげに、そこから見える庭を眺めた。

庭の芝生はすっかり薄茶色に変わり、池の周りにすすきが生えているのも秋の風情を感じさせた。江戸へ出てから何度目の秋になるのだろう。小十郎は幾分、感傷的な気持ちで思った。すでに十度以上も数えるはずだが、正確にはわからない。それほど江戸の暮らしになじんでいたのだ。

やがて、秀之進の忙《せわ》しない足音が聞こえ、障子ががらりと開いた。小十郎は慌てて窓框から離れ、畳に正座して頭を下げた。

「待たせたな。あいすまん。会議が長引いてしまったのでの」

秀之進は言い訳をして小十郎の前に腰を下ろした。

「小塚原に行って来たそうだな。田島が言っていたぞ」

秀之進は少し荒い息で言った。そろそろ還暦を迎える秀之進は急ぎ足で歩くと息が上がるようになった。

「はい。庄左衛門に詫《わ》びをしなければ気が済まなかったものですから」

「正木と関川には気の毒なことをした。しかし、お前の命が守られたのは不幸中の幸いだった」

「父上のお蔭《かげ》でございまする」

小十郎は殊勝に応《こた》えた。

「うむ。長い期間の謹慎は、お前もさぞ苦労であったことだろう」

「畏《おそ》れ入りまする」

「それで、今後のお前の身の振り方であるが」

「はい……」

「国許《くにもと》に戻れ」

やはり、そういうことになるのだろうと小十郎は内心で思った。予想していたので、それには格別驚かなかった。

「馬廻《うままわ》りの有賀保太郎《ありがやすたろう》という男を知っておるか。今は国許におる」

秀之進は早口に続けた。

「存じませぬ」

国許の藩士の顔は一々覚えていない。江戸と国許を合わせると、藩士の数は五千人を下らないからだ。

「さようか。二百石取りの男だ。奴には娘ばかりで倅《せがれ》はおらぬ。それでの、お前をそこへ養子に入れることを考えた。奴は涙をこぼさんばかりに喜んでおった」

「……」

そういう話になっていたとは思いも寄らない。刑部家は以前に話があったように姉の静《しずか》の子が継ぐのだろう。

「静はついこの間、男子を産んだ。男子はこれで二人目だ。静の亭主も刑部の家のために一人を養子にしてもよいと言うてくれた。わしもこれでひと安心というもの」

「それで拙者を厄介払いするということですか」

小十郎は自然に皮肉な口調になった。秀之進は目を剝《む》いた。

「何を言うか。わしの気持ちを考えろ！」

大音声《だいおんじょう》で怒鳴った。刑部家は五百石を下らない。いや、次期留守居役《るすいやく》への昇進を噂されている秀之進はさらに家禄《かろく》の増加が見込まれている。実の息子が二百石取りに甘んじて秀之進は平気なのだろうか。

「有賀殿のお話をお断りした場合、拙者はいかがあいなりますか」

小十郎は努めて冷静な声で訊《き》いた。

「そのような勝手をするなら、もはや親でも子でもない。お前は好きにするがよい。ただし、仙石藩士の肩書きはないものと覚悟せよ」

秀之進は脅すように言った。

「父上は拙者を庄左衛門の助っ人にさせた時から、色々と覚悟を決めていらしたようですな」

「いかにも。覚悟がなければわが倅の命を差し出すことなどできぬ」

「なぜ、庄左衛門の助っ人は拙者だったのですか」

「なぜ？」

秀之進は、つかの間、怪訝《けげん》そうな顔をした。

「庄左衛門は剣術の手練《てだ》れでありましたが、拙者は剣術においては見るべきところのない男でした。そんな拙者を、なぜ父上は助っ人に立てられたのですか」

「剣術どころか、お前には学問の能力もなければ藩政を牛耳《ぎゅうじ》る才覚もない」

秀之進は吐き捨てるように応えた。

「だから命を落としても大事ないと？」

そう訊いた小十郎に秀之進は言葉を詰まらせた。図星か。小十郎は心底、秀之進の気持ちが情けなかった。

「謹慎の期間中、わしはお前が悔しさのあまり出奔するのではないかと案じた。しかし、そのような様子もなかった。お前は一年もの年月を、ただ御長屋で無為に過ごしていただけだ。そのような武士の気概のない者を刑部家の跡継ぎにすることはできぬ」

「理屈をおっしゃる。無為に過ごしていたのは田島を始め、他の藩士達が拙者の行動に眼を光らせていたからです。父上は拙者がどこぞへ行ってしまうことを望んでいたということですか。さすれば、煩わしさもなくなると」

「貴様、有賀の家に入るのが不足か」

秀之進は小十郎の話の腰を折った。

「まだ、自分の気持ちが決められませぬ」

「ほう、さようか。それなら、よっく考えることだ。有賀の家に入りたくなければ、もうわしはお前の面倒を見ない。それは肝に銘じておけ」

「父上のお望みの出奔をせよとでも」

言った途端、小十郎の頰が鳴った。小十郎はつかの間、眼を閉じた。秀之進は怒りが漲《みなぎ》った背中を見せて書物部屋を出て行った。

小十郎は自分を運のない男だと思った。このていたらく、このていたらく。小十郎はどこに怒りをぶつけてよいのかわからなかった。

「小十郎……」

心細いような声が聞こえた。顔を上げると末七郎が入り口の障子に手を添えた恰《かっ》好《こう》で立っていた。

「怒鳴り声が聞こえたので心配になって来てみた」

「何んでもない。案ずるな」

「お父上は何んとおっしゃった」

「…………」

「小十郎！」

末七郎は焦《じ》れたように話を急《せ》かした。

「馬廻りの有賀保太郎殿の家に養子に行けと言われた」

「ええっ？　おぬしは刑部家の長男ではないか」

「前にも話しただろう？　おれに万一のことがあれば、姉の子が刑部の家を継ぐと」

「しかし、おぬしは現に生きておる。そんな滅茶苦茶《めちゃくちゃ》な話があるものか。それに有賀殿の家は夫婦の他に祖父母、曾祖母《そうそぼ》までおられる。大変だぞ」

末七郎は有賀の家のことを、よく知っているようだ。

「父上はすでに話を進めている。いやだと言えば藩から追い出される」

「そこまでお父上はおっしゃったのか」

「ああ」

小十郎が応えると末七郎は俯《うつむ》いた。

「おぬしが力を落とすことはない。これはおれの問題だ。おぬしは自分のことだけ考えておればよい」

小十郎は末七郎を慰めるように言った。

「養子に行くのか」

「まだわからん」

「せっかく小十郎の命が守られたというのに、これでは地獄だな」

「とどのつまり、侍なんてものは生きても地獄、死んでも地獄よ。どれ、気晴らしに散歩にでも行ってくるか」

「おれは帳簿付けがあるからつき合えないよ」

「なに。考え事をしたいから一人の方がよい」

「そ、そうだな。あまり深刻になるなよ」

「わかった」

末七郎は小十郎にいたわりの言葉を掛けて仕事に戻って行った。

三

上屋敷を出ると、外は秋空が拡がっていた。

小十郎は大きく伸びをしてから、ゆっくりと東へ歩みを進めた。物売りが小十郎の横を通り過ぎる。花屋、魚屋、天秤棒《てんびんぼう》にこれでもかと言うほど大小の笊《ざる》を括《くく》りつけた笊屋もいる。

「御膳汁粉《ごぜんじるこ》、甘い、甘い〜」と触れ声を響かせているのは汁粉屋だった。そうか。もう、汁粉屋が出回る季節なのかと小十郎は思った。

汁粉屋は道具の入った細長い二つの箱を棒に括りつけている。前の箱には「志る粉」と白く染め抜いた藍染《あいぞめ》の小さな暖簾《のれん》と行灯《あんどん》がつけられていた。

久しく汁粉を口にしたことはなかった。触れ声にそそられて小十郎は汁粉屋を呼び留めた。

「へい、毎度ありがとう存じやす」

愛想《あいそ》のよい返答があり、地面に道具が下ろされた。手拭《てぬぐ》いで頬かぶりした汁粉屋が顔を上げた時、小十郎はぎょっとした。その顔半分にひどい火傷《やけど》の痕《あと》があったからだ。

「あっしの顔を見て驚きやしたかい」

五十がらみの汁粉屋は小十郎へ試すように訊《き》いた。

「いや……」

小十郎はうまい言葉が出て来なかった。曖昧《あいまい》な返事をして取り繕った。

「お見苦しいでしょうが、ちょいとご辛抱願いやす。なに、汁粉の味までまずくありませんって」

汁粉屋は言いながら、道具箱から七厘《しちりん》を取り出した。七厘には炭が埋《い》けてあった。運んでいる時はその上に汁粉の入った鍋《なべ》をのせている。鍋を脇に置くと、代わりに網わたしをのせ、道具箱の上の引き出しから小さな切り餅《もち》を二つ取り出して焼いた。

「じきに焼けますんで」

汁粉屋はそう言うと、もう一つの道具箱の蓋《ふた》を開け、中から椀《わん》を取り出した。椀は布巾《ふきん》の上に並べられていた。その下には水を入れた桶《おけ》があった。

「余計なことだが、その火傷はどうした訳だ」

小十郎はかいがいしく用意する汁粉屋に、おずおずと訊いた。

「汁粉の鍋を被《かぶ》ったんでさア」

「災難だったの」

「へい。確かに災難としか言いようがありやせん。あっし等、物売りはご存じのように道で商いを致しやす。お客に呼び留められりゃ、その場に道具を下ろしやす。いつもは往来の邪魔にならねェように道の脇に寄るんですが、あの時だけは、つい、道のど真ん中に下ろしてしまいやした」

汁粉屋の言うあの時とは火傷した時のことだろう。

「そこへ大名行列がやって来てしまったんでさア。片づける暇もなく、あっしは這《は》い蹲《つくば》った恰好で行列が通り過ぎるのを待ちやした。ところが、狭い通りだったもんで、あっしの道具がやっぱり邪魔になりやした。先頭を歩いていた侍が邪険に道具を蹴飛《けと》ばしたんでさア。あっしは鍋の前にいたもんですから、まともに熱々の汁粉を浴びてしまいやした。三日三晩、痛みにうなされ、気がついたら、こんな面《つら》になっちまいやした。まあ、あっしの落ち度ではありやすが」

大名行列の行く手を阻む行為は町人にとって重罪である。手討ちにされても文句は言えない。汁粉屋は命が長らえただけでも儲《もう》けものと考えているようだ。一寸角の餅の表面に焦げ目ができた。もっと餅を大きくして貰《もら》いたいが、値《あたい》十六文の汁粉では、それが関の山なのだろう。

焼き上がった餅を椀に入れ、その上から汁粉を注ぐ。辺りに香ばしい匂いが漂った。

「へい。おまちどおさまでございやす」

汁粉屋は小十郎に椀を差し出した。ひと口啜《すす》ると甘みが口中に拡がった。

「うまいぞ」

小十郎が感想を述べると汁粉屋はにッと笑い、腰の莨入《たばこい》れから煙管《きせる》を取り出して一服点《つ》けた。

「あっしに汁粉を浴びせた行列の殿様は若くして亡くなったそうですよ。何んでも家来だった侍が出世して大名になり、おまけに殿様と同じ石高《こくだか》になったらしいです。それで殿様は悔しさのあまり気の病を患い、とうとういけなくなっちまいやした。殿様の家来は仇討《あだう》ちに立ち上がりやしたが、うまく行かず、この間、晒《さら》し首になりやした。江戸のお人は殿様のお家に同情しておりやすが、あっしはとても、そんな気持ちにはなれませんがね」

汁粉が途端に味をなくした。

「お前に汁粉を浴びせたのは仙石藩だったのか」

「へい。お家の名は忘れようにも忘れられやせん」

「…………」

「旦那《だんな》。もしや仙石様のご家中の方ですかい」

汁粉屋は小十郎が黙ったことで顔色を変えた。

「案ずるな。おれは違う」

小十郎は汁粉屋を安心させるように言い、そそくさと椀の中身を掻《か》き込んだ。

「うまかった」

小十郎は十六文を渡すと、汁粉屋の傍を離れた。歩きながらやり切れない気持ちになった。

自分の仕える藩の者が細々と商いをしている男に、そのような血も涙もない仕打ちをしたのだ。おおかたの大名も行列する時は同じようなことをすると言うものの、よりによって、ふと出会った汁粉屋の口から仙石藩の名を聞かされたのは、いかにも皮肉だった。

神は、もはや仙石藩と縁を切れと暗示しているのではないだろうか。そんな考えが脳裏を掠《かす》めた。

賢龍、お前ならおれにどうせよと言う。

小十郎は昨年の晩秋に別れたきりの賢龍を思った。賢龍なら小十郎が納得できるような助言をしてくれそうな気がした。賢龍は越前《えちぜん》の寺で辛《つら》い修行をしている。修行はまだ終わらぬのか。顔を見せてくれ、賢龍。

小十郎は胸の内で叫んだ。屈託のない笑顔を見せて人々が小十郎の横を通り過ぎる。誰しも幸福そうに見えた。その表情が憎い。小十郎はぐいぐいと大股《おおまた》で歩いた。気がつけば、小十郎は久松町の傍にある栄橋《さかえばし》を渡っていた。

ゆたは紅塵堂の店先に置いてある万年青《おもと》の鉢に水遣《みずや》りをしていた。水桶《みずおけ》から柄杓《ひしやく》で丁寧に一つずつ水を遣る。万年青の鉢が増えたようにも感じられた。大きくなって、株分けしたのかも知れない。ゆたは黒地に臙脂《えんじ》の縞《しま》が入った着物に珊瑚《さんご》色《いろ》の帯を締め、友禅《ゆうぜん》らしい花柄の前垂れをしていた。鈴を仕込んだ根付《ねつ》けが帯の外で揺れている。ゆたが身体を動かす度に可憐《かれん》な鈴の音《ね》がした。

小十郎は少し離れた場所からじっとゆたの姿を見つめていた。懐かしさが募った。

鳥の羽ばたきが聞こえ、ゆたは顔を上げた。

陽射しを避けるように、そっと額に手を添え、鳥の行方を眼で追い掛ける。吐息を一ついて、また水桶に手を伸ばそうとした刹那《せつな》、ゆたの眼がこちらを向いた。はっとした顔だ。小十郎はどうしてよいかわからなくなった。慌てて踵《きびす》を返した。

後ろで水桶の倒れる音がした。

「小十郎様、逃げないで！」

ゆたは悲鳴のような声で叫んだ。小十郎は構わず走った。二町ほど全力で走ってから、商家と商家の間にある細い小路へ入り込み、壁に背を凭《もた》せ掛けて息を調えた。

何んと未練な男だろう。どうしてここまで来てしまったのだろう。小十郎は頭を掻き毟《むし》った。

あれだけ走ったのだから、ゆたは追いつけまい。しばらくして、小十郎は小路から首を出して、通りの様子を窺《うかが》った。ゆたはいなかったが、代わりに唐桟縞《とうざんじま》の着物を尻端折《しりつぱしよ》りし、対《つい》の羽織を重ねた八右衛門が立っていた。ぎょっとした。

「何をやっているんですか」

八右衛門は呆《あき》れたような口調で訊いた。八右衛門はゆたに言われて小十郎を追い掛けて来たらしい。

「べ、別に……」

「うちへいらっしゃるのに、こそこそする必要はないでしょう」

相変わらず八右衛門のもの言いは丁寧だ。並の岡っ引きとは違う。だが、その時の小十郎には八右衛門の丁寧な言葉遣いがやけにこたえた。

どうせなら「ばかやろう！」と拳骨《げんこつ》の一つでも貰った方がすっきりしただろう。

「もう、お前の所へは行けぬ。おれは近々、国許《くにもと》に戻るだろう。八右衛門、その節は色々と世話になった」

小十郎はその場で頭を下げた。八右衛門は苦笑した。

「こんな道端で挨拶《あいさつ》されても、ちっともありがたくありませんよ」

「…………」

「ゆたがお詫《わ》びをしたいと言っております。どうぞ、うちへ寄って、話を聞いてやって下さい」

「それには及ばぬ。ゆたのことは、もうおれには関係がない。ゆたを嫁にしたいなどと世迷言《よまいごと》をほざいたことは忘れてくれ」

「忘れたくはありません。あの時は心底、わたしも嬉《うれ》しかったものです」

「もう、おれはお仕舞いだ。八右衛門、おれに構うな」

「何がお仕舞いなんです。たかが謹慎処分を受けたぐらいで」

八右衛門は小十郎に近寄り、襟をぐっと摑《つか》んだ。小十郎の喉《のど》から嗚咽《おえつ》が洩《も》れた。堪《こら》えようとしても無理だった。様々な思いが、いっきに押し寄せていた。

「小十郎様のお気持ちはよっくわかります。わたしも同じ目に遭っておりますからね。いやもおうもなく流されて、気がつけば手前《てめ》ェの居場所がなくなっている……それもこれも世の中ですよ」

「父上はよそへ養子に行けと言われた。いやなら藩から追い出すと」

「小十郎様はいやなんですね」

「当たり前だ」

「それじゃ、お断りなさい」

「え？」

小十郎は八右衛門の顔をまじまじと見つめた。

「男一匹、手前ェの口を糊《のり》するぐらいはできますよ。小十郎様は仙石のお殿様のために苦労された。もう十分でしょう」

「そんなことができるのか。父上は激怒される。これ以上、恥の上塗りはしたくない」

「それなら我慢して養子へ行きますか」

「…………」

「はっきりしろ！」

業を煮やして八右衛門はとうとう怒鳴った。

「どうすればいいのだ」

小十郎は投げやりに訊《き》いた。

「とり敢《あ》えず、うちに行って、落ち着きましょう。話はそれからです」

八右衛門は有無を言わせず、小十郎を小路から引っ張り出すと、紅塵堂へ向かった。

小十郎は、しょっ引《ぴ》かれた咎人《とがにん》のような気持ちで、すごすごと後をついて行った。

四

八右衛門の女房の月江《つきえ》は茶の間に入った小十郎を愛想のよい笑顔で迎えたが、ゆたは縁側の板の間で泣いていた。紅塵堂の茶の間は縁側つきで、障子を開け放つと狭い庭が見える。楓《かえで》や松の樹が以前と変わらず、そこに植わっていた。庭は細長く横に伸びていて、隣家を挟んで小十郎が住んでいた借家の庭に繋《つな》がっている。隣家の庭と仕切りもないので、ゆたは隣家の庭を通って小十郎の所へ、よくやって来たものだ。隣家は年寄り夫婦が住んでいた。月江は、ゆたを気にしながら茶の用意を始めた。

「二、三日、こちらへ泊まったらいかがでしょう。お屋敷にいては気が沈むばかりだと思いますので」

八右衛門は神棚を背にして座るとそう言った。

「かたじけない」

小十郎は泊まるとも泊まらぬとも取れる返答をした。

「借家はそのままにしておりますんで」

八右衛門は小十郎の気を引くように続ける。

「店子《たなこ》が見つからなかったのか」

「いえ。ゆたがあっちでぼんやりすることが多いので……ま、一人で考え事をしたい時もあるんでしょう。それで何んとなく、そのままにしておりました。小十郎様の荷物も幾らか残っておりますし」

小十郎はゆたに怪訝《けげん》な眼を向けたが、ゆたは前垂れで口許を覆ったまま顔を上げなかった。

「今年の三月頃に賢龍さんがうちへお寄りになったんですよ」

月江は小十郎へ茶を差し出しながら口を挟んだ。

「おお。奴は元気でいたか」

小十郎の表情がつかの間、輝いた。

「あと二、三年、修行しましたら、お国許に戻ってお世話になったお寺を継ぐとおっしゃっておりました」

「そうか」

「小十郎様のことは大層気に掛けておられました。またいつか会えるのだろうかと」

「生きてりゃ会えるさ。それで奴は江戸にいるのか」

「いえ。また越前国へ行くとおっしゃっておりました。来年のお盆には一旦《いったん》、江戸へ戻られるのではないでしょうか」

「盆か……」

それまで小十郎が江戸にいるかどうかはわからない。

「やはり、ご養子に行かれるおつもりですか」

八右衛門はぐびっと茶を啜《すす》ると、低い声で訊いた。

「そういう可能性の方が強いだろうの。おれは意気地なしの男ゆえ、父上には逆らえぬ」

小十郎がそう言うと、八右衛門はやるせないようなため息をついた。

「右を向けと言えば黙って右を向く。小十郎様はまことに鷹揚《おうよう》なお人柄ですよ」

八右衛門の言葉に皮肉が感じられた。月江は「お前さん」と、低く制した。

「小十郎様にその気があるんでしたら紅塵堂をお譲りしてもいいと考えていたんですが、やはり、侍は侍しかできませんか」

八右衛門は諦《あきら》め切れない口調で言った。

「この店は、その内、ゆたが継ぐだろう。八右衛門、気持ちだけありがたくいただく」

「さ、小十郎様。お疲れでございましょう。湯屋など行って、それからゆっくりとお休み下さいまし。お屋敷の方には、うちの人が言付けをすると思いますので、何もご心配はいりませんよ」

月江はわざと元気のよい声で言った。小十郎はようやく紅塵堂に泊まる決心をした。

湯屋へ行き、晩飯を振る舞われたが、ゆたは一向に帰る気配を見せなかった。夫《ふう》婦《ふ》喧嘩《げんか》でもして、こっちへ戻っているのかと小十郎は思ったが、余計なことなのでゆたに問い詰めることはしなかった。ゆたは口数少なく、小十郎の猪口《ちょこ》に酒を注ぐだけだった。

五つ（午後八時頃）過ぎに小十郎は住まいにしていた借家へ行った。中は小十郎が出て行った時と、さほど変わりがなかった。

飯台の上に竜胆《りんどう》の花が飾られていた。三畳間には、すでに蒲団《ふとん》も敷かれている。小十郎は表戸の戸締まりをすると、着物を脱いで下帯一つとなり、蒲団にもぐり込んだ。ここへ来て、ようやく息をついた気がした。先のことはともかく、今は何も考えず心を穏やかに過ごすことが小十郎には必要だった。久松町に来てよかったと思う。

「小十郎様……」

とろとろと眠気が差した頃、小十郎は裏口からゆたの声を聞いた。慌てて襦袢《じゅばん》を引っ掛け、裏口へ行き、しんばり棒を外した。

「お休みのところ、ごめんなさい。寝間着を用意するのを忘れてしまって……朝方は少し冷えますので」

ゆたは畳んだ寝間着を差し出す。

「かたじけない」

小十郎はこくりと頭を下げた。

「お休みなさい」

ゆたはすぐに踵《きびす》を返した。

「ゆた……」

引き留めることはできないと思いながらも声が出た。

「はい」

ゆたは振り向かなかったが、その場に立ち止まった。

「倖《しあわ》せか？」

ゆたは小十郎の問い掛けに応《こた》えなかった。

「お休みなさい」

もう一度言って、足早に戻って行った。

小十郎はその場に、しばらく佇《たたず》んでいた。

またしても馬鹿なことを言ってしまった。

小十郎の手前、やに下がった顔で「滅法界《めっぽうかい》倖せですよ」とは口が裂けても言えないだろう。ゆたは小十郎に対して負い目を感じているのだ。おれは何んとも思っていない、気にするな、と言うべきだった。丸髷《まるまげ》になったゆたは、ひどく大人びて見えた。

二、三日泊まるつもりが、とうとう十日も紅塵堂で暮らしてしまった。小十郎は市中を散歩したり、裏庭の草取りをして過ごしたが、別に退屈も覚えなかった。謹慎期間中の息の詰まる毎日に比べたら、まるで極楽だった。

ゆたとは、話らしい話はできなかったが、ゆたが婚家に帰ろうとしないのは大いに気になっていた。しかし、それを面と向かって訊《たず》ねることはできなかった。理由を知るのが怖かったせいもあろう。夫婦仲がうまく行っていないと聞けば、小十郎の胸中は穏やかでなくなる。

そろそろ屋敷に戻ろうと考えていた矢先、末七郎がひどく慌てて小十郎の所にやって来た。

「小十郎、一大事だ」

末七郎は愛宕下《あたごした》から駆けて来たらしく、ぜいぜいと喉《のど》を鳴らしていた。

「どうした」

小十郎は庭の草取りをしている最中だった。

しゃがんだ恰好《かっこう》で振り向いた。

末七郎は表から借家の中を通り、庭までやって来ると、幾分、声を低めて言った。

「若殿が落馬して意識不明だ」

「何んと！」

小十郎は立ち上がった。手にしていた雑草を邪険に放り投げた。

「それでお命に別状はないのか」

小十郎は末七郎を家の中に引き入れると小上がりに座らせ、さっそく仔細《しさい》を訊《き》いた。

「わからぬ。だが、このままだとお家の存続が危ぶまれる。奥医師の話では、お命を取り留めても、お心が尋常でなくなる恐れもあるとか」

末七郎はため息混じりに言った。

「それで、家老連中はどうするつもりだ」

小十郎は、それが肝腎《かんじん》とばかり早口に訊いた。

「身代わりを立てるらしい」

「身代わり？」

「ああ。同じ年頃の子供を捜して、上様にお目見《めみえ》させる。なに、子供の顔は変わるから、さして疑われまい」

「しかし、そう都合よく同じ年頃の子がいるのか」

「いる」

末七郎は自信たっぷりに応えた。

「誰の子だ」

「おぬしの姉上の子は若殿と同い年だ」

「……」

小十郎は、一瞬、訳がわからなくなった。

静の息子の一人は刑部家を継ぐことになっている。しかし、長男が身代わりに立つとしたら、どういうことになるのだろう。

「小十郎。養子の話は反故《ほご》になるぞ。おぬしは、やはり刑部家を継ぐのだ」

末七郎は小十郎の疑問に明快な答えを出す。

その時だけ末七郎は白い歯を見せた。

「ぐずぐずせずにお屋敷へ戻ろう」

末七郎は促した。

「父上に連れ戻せと言われたのか」

「いや。お屋敷は上を下への大騒ぎで、とてもお父上と話をする機会はなかった」

「ならば、まだ戻らぬ。父上から詳しい話を伺って来い。おれが戻るのはそれからだ」

　末七郎は吐息をついたが、小十郎の気持ちもわかるので、それ以上、無理は言わなかった。

「わかった。ここにじっとしておれよ。あちこち歩き廻《まわ》るなよ」

　末七郎は念を押して、愛宕下へ帰って行った。明日は何が起きるか知れたものではないと、小十郎は改めて思った。

「小十郎様」

　ゆたが盆に茶をのせて現れた。

「お友達はお帰りになったのですか」

「ああ。急用があるのでな。雑作を掛けた。すまん。どれ、少し喉が渇いた。その茶をいただくか」

　小十郎は気軽に盆から湯呑《ゆのみ》を取り上げた。

「ご養子に行かれるのですか」

　ゆたは上目遣いでおずおずと訊いた。

「まだわからん」

「でも、お父《と》っつぁんには、そうするとおっしゃったではありませんか。奥様になられる方がそちらにいらっしゃるのでしょう?」

「ちょいと事情が変わるやも知れぬ」

「どうしてですか」

「お前には関係がない。余計なことは訊くな。それより、そろそろ亭主の所へ戻ったらどうだ。亭主はお前がいなくて、さぞ不自由しておるだろう」

小十郎は、ようやく言いたいことを言った。

「それはいいの」

ゆたは素《そ》っ気《け》なく応えた。

「何がいいのだ。いい訳がない。人の女房になったおなごが、いつまでも実家に入り浸るのは感心せん」

「もう、向こうとは縁を切ったんですよ」

ゆたは自分も湯呑を口にしてから、ひと息に言った。

「なぜ」

小十郎の声が掠《かす》れた。

「小十郎様がお屋敷に押し込められると、お父っつぁんは小十郎様のお命が取られるものと覚悟したんですよ。島北藩は躍起になって小十郎様と賢龍さんを捜しておりましたから。賢龍さんに江戸を離れろと勧めたのもお父っつぁんなんです」

「そうだったのか……」

「それでお父っつぁんは、あたしにも小十郎様を諦《あきら》めろと言ったんです。あたしは泣いていやだと言ったけど、聞いてはくれなかった。お嫁に行けば小十郎様のことを忘れられるとお父っつぁんは思ったのよ。ばたばたと縁談が進められて、あっという間に祝言の日が来てしまったんです。花嫁衣裳《いしょう》を着せられて、こってり白粉《おしろい》を塗られて、あたしはどうすることもできなかった。むっつりと押し黙っているばかりだった。その時、お糸《いと》ちゃんがそっとあたしの傍に来て囁《ささや》いたの」

「お糸とは、お前となかよしだった娘だな」

　小十郎は、ゆたと同じようにずけずけとしたもの言いをする娘を思い出した。

「ええ。お糸ちゃんは、ひと足先にお嫁に行ったのよ。ご亭主がいい人で倖せに暮らしているの。お糸ちゃんには色々、話を聞いて貰《もら》って、あたしもありがたかったのよ。そのお糸ちゃんが、おゆたちゃん、やっぱり小十郎様を諦め切れないのねって言ったのよ。あたしは祝言を挙げたらどうすることもできないから、仕方がないと応えたのよ。そうしたら、お糸ちゃんはそんなことないって。祝言なんて形だけのことだから、あたしが本当はどうしたいのか、よく考えろって」

「お糸は大胆なことを言う」

祝言の当日にそんなことを言うお糸の気持ちが小十郎には測りかねた。

「あたしは自分の本当の気持ちもわからなくなっていたから、わからない、わからないって首を振ったのよ。そうしたら、お糸ちゃんは、そんなの簡単だって」

「どう簡単なのだ」

「この先、何年も何十年も亭主と枕を並べて寝るのが平気かどうかを考えろって」

「とんでもないことを言うおなごだ」

「そうなの。お糸ちゃんは時々、びっくりするようなことを言う人なの。だけど、その時は、そうだ、そうなんだ。それを考えたらいいんだと、あたしは思ってしまったの。そっと亭主になる人の顔を見たら、黄ばんだ歯を見せて笑っていた。あたし、ぞっと鳥肌が立った」

「亭主も気の毒な奴だ」

「本当に悪いことをしてしまったと思う。でもその時は、もう自分の気持ちに嘘がつけなくなってしまっていたんです。あたしは逃げ出すことばかり考えていた。でも、神社での式でもその後の披露宴でも、隙が見つけられなかった。とうとう、お床入りの時刻になってしまったの」

小十郎はごくりと固唾《かたず》を呑《の》んだ。ゆたは亭主と契ったのか。それならそれで仕方がないと思いながら、やはり小十郎は気になった。

「亭主は嬉《うれ》しそうにお酒を飲んでいた。あたしの手を取ろうとした時、あたしは亭主を突き飛ばし、そのまま部屋を出て表に逃げたんです。階下ではお客が賑《にぎ》やかに酒盛りをしていて、あたしのことには誰も気づかなかった。あたしは家へ戻ったけれど、お父っつぁんとおっ母《か》さんはまだ帰っていなかったの。それで、こっちの家に来てじっと隠れていたんです。亭主の家ではもちろん、大騒ぎになりましたよ。お父っつぁん、もしやと思って、こっちにやって来た。そんなところは岡っ引きね。すぐに足取りを摑《つか》んでしまうんですもの。お糸ちゃんも心配して駆けつけて来たの。あたしは亭主の所へは帰らない、それなら死ぬって叫んだの。お糸ちゃんは、たとえこの先、小十郎様と一緒になれずに独り身を通しても後悔しないのかって訊《き》いた。あたしは肯《うなず》いた。それでお父っつぁんも、ようやく諦めてくれたのよ。でも、その後が大変だった。あたしの都合で祝言をやめたのだから結納金は倍返し。向こうのご両親にも平身低頭して、お父っつぁんをさんざんな目に遭わせてしまったの。でも、あたしはこの先、死んだふりをして生きて行こうと決めたから、見ざる聞かざるで通したのよ」

「死んだふり？」

小十郎はゆたの言葉に怪訝《けげん》な気持ちになった。

「ええ。世間は祝言を引っ繰り返したあたしに色々、陰口を叩《たた》くじゃない。いちいち気にしていたなら身がもたない。だけど死んだふりしていれば耐えられると思って」

「お前はおもしろいことを言うおなごだ。だが、その言葉は気に入った。おれも死んだふりで、この先を生きるぞ。庄左衛門は獄門になったが、のうのうと生きておるおれを藩の奴等は冷たい眼で見るのだ。肩身が狭かった。だが、死んだふりしておれば何も気にすることはない」

そう言うと、ゆたは少し笑った。

「ゆた」

小十郎はゆたの手首を掴んだ。驚いたゆたは持っていた湯呑を取り落とした。湯呑の割れる耳障りな音が響いたが、小十郎は構わずゆたを抱き寄せた。

「一緒になろう。死んだふりして一緒になろう」

小十郎は力強く言った。ゆたは何も応《こた》えなかったが小十郎の腕にきつくしがみついていた。

五

小十郎は若殿の身代わりとなった甥《おい》の側近に抜擢《ばってき》された。両親から離れて江戸にやって来る甥はさぞかし心細いことだろう。傍に小十郎がついていれば慰めにもなる。藩はそう考えて異例の抜擢をしたのだ。

甥の一之助《いちのすけ》は国許《くにもと》の藩士につき添われて江戸に出て来たが、その時、義兄と小十郎の母親のたつも同行した。姉の静は生まれたばかりの次男を抱えていたので江戸に来ることはできなかったらしい。たつは静の代わりに老骨に鞭打《むちう》って長い道中を凌《しの》いで江戸へ出たのだ。また、小十郎のこれからのことも大いに気になっていたらしい。

小十郎はお務めの合間にたつを紅塵堂へ案内した。

たつはゆたをひと目見るなり「まんつ美《うづぐ》しいおなごでござりやすなあ。これだば小十郎さんが惚《ほ》れるのも無理のないことでがんす」と、お世辞ではなく感歎《かんたん》の声を上げた。ゆたは恥ずかしそうに頬を染めた。

ゆたを嫁にすると言った時、秀之進は反対した。武士が町人の娘を嫁にするのはならぬと、秀之進の態度は頑《かたく》なだった。それはたつが江戸へ出て来るまで続いた。

しかし、たつは「お前様《め》。小十郎さんはお前様の都合で仇討《あだう》ちの助っ人に出たり、あろうことか、下禄《かろく》の家の養子にさせられるところでござりやした。これ以上、小十郎さんを振り回すことはやめて下《く》んせ。小十郎さんはこれから、一之助の面倒を見なければならねえのす。気骨の折れることでがんす。せめて小十郎さんが心《しん》から惚れたおなごを嫁にするぐらい、お許しえって下んせ。お前様は先様の娘を町家者《まちやもの》と言いなさるが、父親は元、長崎奉行所の役人と聞いておりやす。元はれきとした侍でがんす。お前様が、ただ、町家者を理由に祝言を承知しないというのは納得できませんなあ」と説得した。

たつは、やはり母親だった。秀之進は渋々、ゆたとの祝言を承知した。

「一之助と小十郎さんのお蔭《かげ》で吾《わ》ァも初めて江戸見物ができるというもの。ありがたいことでござりやす」

江戸へ出て来て、たつは少し興奮気味だった。お国訛《くになま》りをものともせず、饒舌《じょうぜつ》に語った。

小十郎は気恥ずかしさを感じて、時々、苦笑していた。たつは、当分小十郎が江戸を離れられないと察して、自分が江戸に逗留《とうりゅう》している間に祝言をしてほしいと八右衛門に言った。懐から用意してきた袱紗《ふくさ》を取り出し、八右衛門の前に差し出した。その中には結構な額の金子《きんす》が入っていたという。

八右衛門はさっそく、知り合いの料理茶屋に声を掛け、二人の祝言が慌ただしくとり行なわれた。

小十郎とゆたは天にも昇るような幸福を感じていた。死んだふりどころか、生きている実感をしみじみ噛《か》み締《し》めていた。

祝言の席で二人は顔を見合わせる度、微笑んだ。祝言に出席した客は、このように嬉しそうな二人を見たことがないと語り合った。

祝言を挙げてからもゆたは紅塵堂で暮らした。小十郎は藩主の身代わりとなった一之助こと仙石義用《よしもち》の養育に掛かり切りで容易に傍を離れられなかったからだ。秀之進は還暦を迎えると小十郎に家督を譲って隠居し、たつの待つ国許に戻った。

義用は身代わりとしてよく努めたが、十四歳の時に病を得て、早世した。それとともに小十郎も側近の役を解かれ、新たに作事奉行所に配属となった。

八右衛門は寄る年波に勝てず、中風《ちゅうぶう》を患い、一年ほど寝ついた後に亡くなった。

国許へ戻る旨を藩から命じられたのを潮に、小十郎は月江に紅塵堂を畳ませ、一緒に仙石領へ戻ることにした。月江は最後まで江戸に残ると言って聞かなかったが、ゆたと三人の孫に説得されて、渋々、承知した。

国許へ戻る前日、小十郎は末七郎と連れ立って大川端《おおかわばた》にいた。

そこには隠居した島北藩主の別邸があった。島北藩主、島北志摩守利隆《としたか》は庄左衛門が処刑された三年後に、ようやく隠居した。

これで庄左衛門の思いは報われたというものの、仙石藩は跡継ぎ問題で揉《も》めに揉めた。

二つの藩は相変わらず、お互いの不幸を笑い合うという大人気ないことを繰り返していた。隣り同士の藩であるから、もう少し歩み寄ったらいいものをと小十郎は考えていたが、藩の仲間にはとても言えなかった。

「国許に戻ったら、また大変だな」

末七郎は小十郎をねぎらう。飢饉《ききん》と百姓一揆《ひゃくしょういっき》が頻繁に起こる仙石藩だから作事奉行所の小十郎は村々を廻《まわ》って、色々、しなければならないことが山積みだった。

「仕事は何んでも大変なものだ」

小十郎は吐息交じりに呟《つぶや》いた。

「それはそうだけど」

「ま、できることはする。できぬことはしない。それだけのこと。後は死んだふりだ」

「また、得意の口癖が出たな」

末七郎は笑う。ゆたと一緒になって以来、小十郎の口から、度々、その言葉が出た。

「死んだふりをしておれば存外、気持ちは楽なもんだぞ」

「わかった、わかった」

末七郎はうるさそうに遮った。門構えもまだ新しい屋敷の前に来て、二人は足を止めた。

そこが志摩守の別邸だった。だが、白木門を見た途端、二人は声を殺して笑った。

その門には巨大な陰茎が黒々と描かれていた。家来が慌てて水洗いしても、白木に滲《し》み込んだ墨の痕《あと》は取れなかった。

「誰がこんなことをしたものか。小十郎、おぬしか」

末七郎は冗談めかして訊《き》く。

「馬鹿を言うな」

「だが、仙石の奴等に間違いないだろう。いや、大胆なことをする。ここは大川に面しているから、舟の上からでも目立つな。本所《ほんじょ》の上屋敷も同じような落書きがあるそうだ」

「仇討ちなど、この程度でよかったんだ。さすれば庄左衛門の首も繋《つな》がっていただろう」

小十郎は自嘲的《じちょうてき》に応えた。末七郎がふふっと笑った。

「おぬしが助っ人に命じられなければ、ゆたさんと知り合えなかったぞ」

それはそうだ。小十郎は胸で独りごちた。

人間、何が幸いし、何が不幸になるか知れたものではない。徒《いたずら》に落ち込むことはないのだ。その内に解決の糸口はきっと見つかる。小十郎は強く思った。

末七郎は恐らく、隠居するまで江戸詰めだろう。この次はいつ会えるだろうか。

「さ、末七郎。今夜は飲もう。うちに寄れ」

「そ、そうだな。あまり遅くならない程度に飲もう」

末七郎がそう言ったのは、明日《あした》の早朝に出立する小十郎を慮《おもんぱか》っているというより、妻女を気にしてのことだった。小十郎より一年ほど後に末七郎は仙石藩士の娘と祝言を挙げた。

末七郎よりひと回りも大きな体格をしており、なかなかの女丈夫でもあった。末七郎に怒鳴られても屁《へ》とも思わない。一度、殴りつけたら、反対に馬乗りになられて息が止まるほどだったと冗談でもなく洩《も》らしていた。

　春の陽射しに水面《みなも》をきらきらと光らせる大川を眺めながら、小十郎は江戸での暮らしを思った。おおかたは記憶の彼方《かなた》に消えているが、はっきり思い出せるのは、初めて会った時のゆたの黒目がちの瞳《ひとみ》だった。

　今もその瞳は小十郎の見えるところにある。これ以上の倖《しあわ》せがあろうか。

　小十郎はお福分けをするように大川に向かって呟いた。

「どなたさんもお倖せに」

「え？」

　末七郎は聞き返す。

「いや、何んでもない」

　小十郎は取り繕った。江戸はぼんやりと暖かかった。明日向から仙石領は、そろそろ初雪が降る頃だ。

　故郷を思う小十郎の脳裏に賢龍の童顔が映った。そうだ、賢龍を忘れていた。国《くに》許《もと》に戻ったらまっさきに賢龍の寺を訪ねようと思った。江戸を離れる寂しさよりも、国許での楽しみが勝《まさ》った。

「お世話になりました。どなたさんもお倖せに」

小十郎はまた呟いた。

「え？」

末七郎は同じように聞き返した。その顔がおかしくて、小十郎は声を上げて笑った。

二人の頭上には見事な鰯雲《いわしぐも》が繋《かか》っていた。

鰯雲は別名、別れ雲とも言うが、そのことに小十郎は頓着《とんちゃく》していなかった。

（角川文庫『三日月が円くなるまで　小十郎始末記』に収録）

西を向く侍

浅田　次郎

浅田次郎（あさだ・じろう）

１９５１年東京都生まれ。95年『地下鉄《メトロ》に乗って』で吉川英治文学新人賞、97年『鉄道員《ぽっぽや》』で直木賞、２０００年『壬生義士伝』で柴田錬三郎賞、06年『お腹召しませ』で中央公論文芸賞と司馬遼太郎賞、08年『中原の虹』で吉川英治文学賞、19年菊池寛賞を受賞。他の著書に『椿山課長の七日間』『薔薇盗人』『憑神』『終わらざる夏』『一路』『帰郷』『流人道中記』『母の待つ里』などがある。

成瀬勘十郎《なるせかんじゅうろう》は算《かぞ》え齢《どし》三十歳、七十俵五人扶持《ぶち》の御徒士《おかち》の身分ながら、世が世であれば必ずや出役《しゅつやく》出世を果たすにちがいない異能の俊才であった。

しかし、世が世ではなくなったのだから仕方がない。

子供の時分から神童と噂され、長じては和算術と暦法とを修めた。十八で家督を相続すると、たちまち幕府の天文方から声がかかり、出役が決まった。

元来将軍家お成りの際などに随従警護の任にあたる御徒士が、学問を修めて出世をするとは文武の鑑《かがみ》であると、組仲間は称賛の声を惜しまなかった。本家筋にあたる旗本成瀬家から、御徒士の分限《ぶげん》に余る嫁御《よめご》も貰《もら》うことができた。勘十郎の前途は洋々たるものであった。

しかし、世が世ではなくなったのだから身も蓋《ふた》もない。

御一新の後、旧幕府の御家人たちが選ぶ道には三通りがあった。

その一は無禄《むろく》を覚悟で将軍家とともに駿河《するが》へと移り住むことであり、その二は武士を捨て農商に帰することであり、その三は新政府に出仕する道であった。

この際むろん、第三の身の振り方が最も割のいい話である。禄高は従来取りきたるまま、住地家作も原則として従前のままという願ってもない雇用条件が、旧幕府の要人たちの骨折りで実現されていた。ただし、門戸はきわめて狭い。

暦法の専門家として幕府の天文方に出役していた成瀬勘十郎は、いずれその職能をもって新政府に出仕することになっている。つまり現在の立場は失職ではなく、待命《たいめい》であった。すでに文部省天文局に勤務しているかつての上司の計《はか》らいで、この五年の間、旧禄の十分の一というわずかながらの給与も貰っている。

それにしても、五年の待命は長すぎる。とうてい養いきれぬ妻子は、実家の采地《さいち》の厄介《やっかい》になっている。牛込矢来町《うしごめやらいちょう》の屋敷を上地《じょうち》された旗本成瀬家は、重代の領地である甲州《こうしゅう》に引き揚げていた。

義兄からはしばしば手紙が届く。それも初めのうちは、妻子の身の上など案ずるなという頼りがいのある書面であったが、このごろでは身の振り方を督促する内容に変わっている。禄も家屋敷も召し上げられて、かつての領地に帰農した旗本の暮らしが楽であろうはずはなかった。

便りが届くたびに、律義者の勘十郎はかなた西方の甲州に向いて端座《たんざ》し、毎度同じ文面の返事を認《したた》める。

「文部省天文局出仕之件、未《いま》だ格別之《の》御沙汰《ごさた》無之《これなく》、相不変《あいかわらず》待命 仕《つかまつり》 居候《おりそうろう》。依而《よって》今暫《しばらく》御猶予被下度《くだされたく》、拙者妻子之事御願上奉候――」

まこと足下に地なく、頭上に天なきがごとき宙ぶらりんの日々が続いていた。

「おはようござりまする、勘十殿」

雨戸ごしの老婆の声に、勘十郎は目覚めた。枕元を手探りして眼鏡をかける。子供のころからの勤勉がたたって、一間先も見えぬほどのひどい近目《ちかめ》である。

戸のすきまからさし入る一条を頼りに座敷を這《は》い、廊下に立って寝巻の前を斉《ととの》える。

「もし、勘十殿。はや五つにもなり申すぞ。いかがなされた」

「はいはい、ただいま」

雨戸を開けると、老婆は胸を撫《な》でおろして勘十郎を見上げた。

「ああ、ほっとした。明け六つには起き出して掃除を始めるそなたが、五つになっても音沙汰《おとさた》ないゆえ、とうとう世を果無《はかな》んで腹でも召されたかと」

「たわごとをおっしゃるな。夜なべで来年の節気を算じており申した。ほれ、このように」

と、勘十郎は長廊下の雨戸を押し開いた。座敷の文机《ふづくえ》の周りには、算暦に必要な書物が山積みである。

「来年の暦ならすでに出ておろうが」

「いや、その暦を読みましたるところ甚《はなは》だ誤りが多く、かくなる上は待命中とは申せ、それがしが算じ直すほかはあるまいと」

「何と、天朝様の暦がまちごうておるのか」

「いかにも。来たる明治《めいじ》六年は閏《うるう》六月がござるゆえ、一年は十三ヶ月、三百八十四日になり申す。算暦はきわめて難しうございます」

老婆は縁先に腰をあずけ、すっかり葉の落ちた柿の木を見上げた。

「そなたのような才を、御一新から五年も野に放ち置くとは、天朝様もいったい何をお考えやら」

「暦を正しく算じおえましたなら、文部省にかけあいまする。この始末を見れば、いつまでも待命としておくわけには参りますまい」

「それはよい。これでそなたもようやく出役が叶《かな》うわけじゃな。ところで――」

老婆は後ろを向いたまま、懐《ふところ》から紙入れを抜き出した。

「盆に払わねばならぬ家賃じゃが、遅ればせながら駿府《すんぷ》より届いた。お納め下され。相身たがいの情に甘え、まこと申しわけない」

家賃の遅れをよほど恥じているのであろう、老婆はいかにも武家の女らしく背筋を伸ばし、首だけをかすかに俯《うつむ》けた。

「お婆様《ばばさま》――」

この金を受け取るわけにはいかない。しかし理由を述べることは難しかった。

お婆はもともと隣屋敷の隠居であった。一家はこの春に駿河へと移ったのだが、お婆は屋敷を終《つい》の棲《すみか》と言い張って譲らず、ひとり居残ることになった。

ところが、老婆ひとりが住まうその屋敷が、あろうことか情容赦《なさけようしゃ》もなく上地にかかったのである。まったくふいに役人がやってきて、薩摩《さつま》訛《なま》りの通告文を勝手に読み上げ、古い御徒士屋敷を跡方もなく壊してしまった。「当主不在につき」というのが、上地の理由であった。

まさか幼いころから親しんだ隣家の婆様を路頭に迷わすわけにもいかぬから、とりあえず勘十郎は自分の屋敷の離れにお婆を住まわせることにした。駿府の家族に事情を伝えると、家賃は送るから宜《よろ》しく頼むという返事がきた。

下谷《したや》の御徒士屋敷は百坪ほどの広さがあるので、どの家も門のきわに離れをこしらえて、医者や職人の親方などに貸していた。賃料の相場は年間四両で、これを盆と暮の二度に分けて二両ずつ徴収する。薄給の御徒士にとっては貴重な収入であった。

「のう、お婆様。駿府の御家人たちは無禄と聞いておるが——」

「余計なことをお言いではない。お納め下され」

おそらくお婆は、着物か家財でも売りはたいてこの金を作ったのだろう。

「受け取るわけには参りませぬ」

「お納め下され」

紙入れを押し引きするうちに、お婆の背中から力が脱《ぬ》けた。そしてやおら袖《そで》をからげると、唸《うな》るように泣き始めたのだった。こうなると慰めの言葉はまして難しい。

「御家人らしく駿府にお伴《とも》したみなさまの屋敷が取り壊され、薩長《さっちょう》の禄を食《は》もうととどまっておるそれがしの屋敷は、当主がおるというだけで壊されずにすんでおります。このうえ家賃など、頂戴《ちょうだい》できるはずはありますまい」

正直のところ、金は咽《のど》から手が出るほど欲しい。甲州の妻子にも多少の仕送りはせねばならず、蔵前《くらまえ》の札差《ふださし》には親の代からの借金が積もり重なっている。宙ぶらりんのうえに、八方塞《はっぽうふさ》がりである。

「文部省出仕が決まれば、それがしも晴れて官員様でござる。その暁《あかつき》には実の親だと思うて、孝行の真似事でもさせていただきます。何を家賃などと水臭い」

泣き崩れるお婆を扶《たす》け起こして、勘十郎は冬枯れた庭におりた。上野《うえの》の山から吹きおろす凩《こがらし》に身をすくませる。

明治五年壬申《みずのえさる》十一月九日。立冬はすでに過ぎた。そろそろ年越しの算段をせねばなるまい。売り食いの家財も尽きたことであるし、何とか政府発行の暦の誤りを種にして、出仕に漕《こ》ぎつけねばならぬ。その折にはいくばくかの仕度金を下げ渡していただき、髷《まげ》も落として洋服を誂《あつら》えるとしよう。

科学者たる成瀬勘十郎にとって、武士の身なりにさほどのこだわりはなかった。

同じ十一月九日の朝五つ。浅草《あさくさ》御蔵前天王町《てんのうちょう》の近江《おうみ》屋奥帳場では、勢揃《せいぞろ》いした番頭たちがかしこまって、主人の話に耳を傾けていた。

近江屋喜兵衛《きへえ》は蔵前に四代続いた札差である。間口十間、使用人も五十人は下らない。

札差は旗本御家人の禄米を換金する商売であるから、明治の御一新とともに多くが没落してしまったが、機を見るのに敏《さと》い四代目喜兵衛はたちまち新政府の御用を請け負って、旧に変わらぬ身代を保っている。

去年の五月に公布された新貨条例は、近江屋に思いもかけぬ新たな利益をもたらしていた。混沌《こんとん》と流通している旧貨と太政官札と新貨とを用途に応じて両替し、新政府の官員や旧幕臣に、どさくさまぎれの法外な利息で金を貸す。商いの中味は札差両替の昔とほとんど同じなのだが、米を扱わずにすむだけ手間もかからない。

主人の喜兵衛は三十なかば、十人ばかりの番頭が奥帳場に揃《そろ》うと、いかにも切者という感じの白面《しらふ》をいささかも動《ゆる》がさずに言った。

「きょうはちょいとびっくりするような指図をするが、おつむを澄まして、よおく聞いておくれ」

番頭たちは、へいと声を揃える。主人の身なりは洋服に断髪だが、古い番頭たちはみな髷を結っている。

火鉢に指先を焙《あぶ》ったまま、喜兵衛は末席にちんまりと座る弥助《やすけ》を見た。

「おや、弥助は髷を落としたのか。よしよし、そういう心掛けならば、約束通りにあたしの洋服を一着おろしてやろう。あとで奥においで」

番頭たちは振り向いて笑う。思い切って髷を落としたはよいものの、月代《さかやき》が生え揃っていないものだから、獄門首のような顔である。

「へい。ゆんべようやく肚《はら》をくらせていただきました。様《さま》になりますまで、外回りはどうか堪忍して下さいまし」

若い番頭の何人かは、すでに主人と同じ洋服断髪である。髷を落とした者には洋服の一揃《ひとそろ》いと革靴がいただけるという約束だった。

「ま、そりゃあともかくとして――」

喜兵衛は手文庫から何やら紙綴《かみつづり》を取り出すと、いきなり妙なことを言った。

「きのう、役所からお達しがあった。明治五年は十二月二日が大晦日《おおみそか》で、あくる日が明治六年の元旦《がんたん》です。すなわち、お店《たな》決算は師走《しわす》の二日に済ませるから、お客さんの掛け取りも急ぐようにな」

一座にはとまどいもどよめきもなかった。番頭たちはみなぼんやりと喜兵衛の顔を見つめていた。

主人の「びっくりするような指図」は珍しくはないが、よく考えればなるほどと了簡《りょうけん》のゆくことばかりである。だが、今年の大晦日が十二月二日だという謎の宣告には、商い慣れした番頭たちもさすがに呆然《ぼうぜん》としたのだった。

奥帳場はしばらくの間、墓場のように静まり返った。

「……要は、十二月二日を大晦日や思うて、掛け取りに精出せ、いうことやろ。そやな、弥助はん」

上方訛《かみがたなま》りの抜けぬ同輩が散切頭《ざんぎりあたま》を寄せて弥助に囁《ささや》いた。

「いや……それにしちゃあ、十二月二日ってのは半端じゃあないですか。この十一月の晦日を大晦日だと思えとおっしゃるんならまだしも」

「それもそやな。お店決算も十二月の二日やて、どないなっとるんやろ……」

番頭たちはこもごもに囁きをかわすばかりで、主人に問い質《ただ》そうとする者はいなかった。あまりに不可思議な話なのである。

「ごめんなさいまし、旦那様《だんなさま》。よろしうございましょうか」

辛抱たまらずに弥助は声を上げた。

「あいよ、何だい」

何だい、と畳みかけられても困る。何も糞《くそ》も話がまるで見えない。しかも主人の喜兵衛はまったく喜怒哀楽が窺《うかが》えないいつもの無表情で、じっと弥助を見据えている。

「ただいまのお指図は、たとえばの話でございましょうか。たとえばこの晦日を大晦日だと思えとおっしゃるわけで」

「いんや」と、喜兵衛は火鉢から身を起こして言った。

「そういう面倒を言うわけじゃあないよ。太政官からのお達しで、今年の大晦日は十二月の二日と決まったそうだ」

「お言葉ではございますが旦那様。とうの昔から一年の大晦日は師走の晦日と決まっております。それとも何でございますか、薩摩長州《ちょうしゅう》の大晦日は、十二月の二日なんでございましょうか。もしそうだとしたんなら、お畏《おそ》れながら江戸の商人《あきんど》としては了簡なりません」

政府からの通達だとすると、弥助にはそうとしか思えなかった。天朝様のご威光を笠《かさ》に着て、薩長の田舎侍が江戸をいいようにしている。商人なのだから世の転変に文句をつけてはならぬが、大晦日がいきなり一月近くも早まったのでは、掛け取りを迫られるお客のほうがたまったものではあるまい。そうした無体は了簡ならぬと、弥助は言いたかったのである。

「そうじゃあないんだよ」と、喜兵衛は相変わらず乾いた平らかな声で言った。

「いかに薩摩長州だって、大晦日は十二月の晦日さ。それが今年から西洋の暦を使うことになったとかで、要は十二月の三日から晦日までが消えてなくなっちまうんだそうだ。で、二日が大晦日で、あくる日が明治六年の元旦てえことになった」

ええっ、と番頭たちは異口同音に驚き、いっせいに腰を浮かせた。

「……わからねえ」

弥助は独りごちた。

「そう。実はあたしもわからないんだ。てんでわかりゃしません。けどねえ、きょうにも天朝様から詔書が渙発《かんぱつ》されるてえことだから、ともかく十二月の二日が大晦日、あくる三日から晦日まではどっかに消えてなくなっちまいます。てえわけで、掛け取りは急ぐようにな」

言うだけのことを言うと、喜兵衛は逃げるように奥へと去ってしまった。

「かしこまりました」

番頭たちは声を揃えて平伏したが、むろん誰も主人の言いつけを納得したわけではない。

脇座で頭を上げた元締《もとじめ》番頭が、いかにもわかったような顔で言った。

「まあ、そういうわけだから、粗忽《そこつ》のないようにな。今年も急に押し迫っちまったことだし、おのおのお客さんの家に走って、掛け取りに精出すように。よろしいな」

へい、と答える番頭たちの声は、納得ではなく習い性である。

月代の生え揃わぬ頭を下げたまま、弥助はわからぬことをわかったと了簡する自分が、おかしくてならなかった。

時ならぬ掛け取りが御徒士《おかち》屋敷の庭先にひょっこりやってきて、かくかくしかじかと無体ないきさつを述べ始めたとたん、成瀬勘十郎は書物を投げ出して驚いた。

「えっ……ええっ……」

「まあそういうわけでございますから、どうかこの月末《つきずえ》までに、年の利息と元金のなにがしかをお詰め下さいまし」

獄門首のような弥助の顔を笑っている場合ではなかった。

勘十郎と弥助は商売を抜きにしても旧知の間柄である。若侍と丁稚《でっち》小僧の時分、湯島《ゆしま》の和算塾で机を並べた仲であった。

弥助はそれこそ目から鼻に抜ける頭の良い商人ではあるが、おそらく事の重大さをわかってはおるまい、と勘十郎は思った。かくかくしかじかの説明も、主人の受け売りであろう。

しかし暦法の専門家である勘十郎はたちまちすべてを理解した。これは戸籍法や新貨条例にもまさる革命だ。

「証拠と言っちゃあ何ですが、べつだん手前どもの都合で無体を申し上げているわけじゃございません」

不自由そうな洋服姿で縁先ににじり上がると、弥助は大仰《おおぎょう》な袱紗《ふくさ》を勘十郎の膝元《ひざもと》に差し出した。

「お武家様には、これをお見せして了簡なさっていただけってえ、主人からの指図でございます。もっとも難しい字ばかりで、手前どもにはさっぱりわからないんですがね」

袱紗の中には詔書の写しが納められていた。

〈朕惟《ちんおも》フニ我邦通行ノ暦タル太陰ノ朔望《さくぼう》ヲ以《もっ》テ月ヲ立テ太陽ノ纏度《てんど》ニ合ス、故ニ二三年間必ス閏月《じゅんげつ》ヲ置カザルヲ得ズ――〉

天朝様が考えるには、わが国で従来使われてきた暦は、月齢によって太陽の動きを推しはかってきたがために、二、三年に一度は閏月《うるうづき》を定め、一年を十三ヶ月としなければならなかった。これは不都合なことである――。

いやちがう、と勘十郎は思った。科学的に言うのならば、たしかに不合理かも知れぬ。しかし庶民、とりわけ農民たちは、太古の昔から太陰の暦法に頼って暮らしてきた。それを何の前触れもなく、何ら知識の供与もなく西洋の暦法に改めるのは、庶民の生活に大混乱をもたらす。

〈置閏《ちじゅん》ノ前後時ニ季候ノ早晩アリ終《つい》ニ推歩ノ差ヲ生スルニ至ル。殊ニ中下段ニ掲《かか》ル所ノ如キハ率《おおむ》ネ妄誕無稽《もうたんむけい》ニ属シ人知ノ開達ヲ妨《さまた》グルモノ少《すく》ナシトセズ――〉

ちがう。ちがう。月齢と太陽の運行の誤差を、われわれ幕府の天文方は度重なる改暦によって補い、また翌年の正確な暦を、前年の十月には公布し続けてきた。妄誕無稽の迷信などではない。現行の天保暦は、天文方の叡智《えいち》の結晶だ。

「どうなさいました、成瀬様」

詔書を読む手が震えた。太陽暦の採用は庶民生活の混乱を招くばかりではなく、勘十郎自身の存在を否定するものにちがいなかった。

「拙者は、すべてに甘んじて参った。たとえ武士には耐え難い泥水でも、世のためと思えばこそ目をつむって飲み干して参った。天朝様の世でも公方《くぼう》様の世でも、正しい暦を作る者がおらねば、民百姓が困ると思うたればこそじゃ。御同輩の多くは上野の戦で死に、箱館《はこだて》まで落ちて戦い、あるいは公方様のお伴をして駿河に向かった。だが拙者には、さように安易な道は許されぬ。わかるか、弥助」

聡明《そうめい》な弥助の顔からは、たちまち血の気が引いた。この男は自分の立場をわかってくれたのだと勘十郎は思った。

「本年の十二月三日を以て改暦をなすは、西洋暦の中でも、ぐれ、ご、り、お暦の採用に他ならぬ。すなわち、あめりか及びえうろっぷの時間に、わが日本国の時を合致せしめるという意味じゃ。西洋の制度や科学を移入することはよい。しかしわが国固有の文化を外国に売り渡してはならぬ。それは亡国じゃ。いかな文明開化と言うても、やってはならぬことはあろう。守らねばならぬ掟《おきて》はあろう」

勘十郎は詔書を投げ捨て、身仕度を斉《ととの》えた。羽二重の袴《はかま》をはき、家伝の大小を腰に差し、御徒士の矜《ほこ》りである無紋《むもん》の黒羽織を着る。

「成瀬様、どちらへ」

「文部省に参って詮議《せんぎ》いたす」

この泥水ばかりはどうしても飲み干すわけにはいかなかった。

葉を落とした柿の枝が、晴れ上がった冬空を罅割《ひび》っている。

成瀬勘十郎が血相を変えて出て行ってしまってからも、弥助は御徒士屋敷の縁側に腰をおろして、しばらく物思いに耽《ふけ》っていた。

御一新からこのかた、世の中は変わり続けている。たかだかの商才などは糞《くそ》の役にもたたず、お上《かみ》から差し出される器にひたすら体を合わせて生きねばならない。無理が道理を圧《お》し潰《つぶ》していると思う。しかしそうしたがむしゃらを押し通さねば、商人《あきんど》たちはみな、幕府と一緒にご破算になってしまうほかはないのだった。

それにしても、このたびのお達しには開いた口が塞《ふさ》がらない。立冬も過ぎた十一月の九日になって、今年は十二月の二日が大晦日《おおみそか》だから掛け取りを急げと言われても、その掛け取り先に納得のさせようがなかった。

だから弥助は、お店を出るとまっさきに下谷の御徒士屋敷を訪ねたのである。幕府の天文方で毎年の暦を作っていた成瀬勘十郎に、明治五年が十二月二日で終わってしまうという理不尽を、わかりやすく説明してもらおうと考えたからだった。

しかし勘十郎は、改暦詔書の写しを一読したなり、怒りをあらわにして出て行ってしまった。けっして居丈高なふるまいのない温厚な武士の怒りは、呼び止めることすら憚《はばか》られた。

事はよほど重大なのであろうと思えば、このさきの掛け取りに回る気力も萎《な》えてしまった。

「これ、近江屋」

小さいなりに背筋の伸びた老婆が、庭先から弥助を咎《とが》めた。

「まだ霜月もかかりじゃというに、無体な掛け取りなどするではない」

いいえ、と立ち上がって腰を屈《かが》めたまま、弥助はつなぐ言葉を失った。

「よいか、近江屋。勘十郎殿は律義者ぞ。掛け取りを急ぐはお店の都合であろうが、そうと言われれば勘十郎殿は、己が非を責めて無理な金策をなされる。今も血相を変えて出て行かれたから、何事かと思うてきてみれば、やはりこういうわけか」

「滅相《めっそう》もございません、奥方様」

老婆の剣幕に怯《ひる》んで、弥助はしどろもどろにことの経緯を語った。

「不埒者《ふらちもの》めが。お店の苦しい事情をありていに述べて掛け取りを急ぐならまだしも、言うに事欠いて、師走《しわす》の二日が大晦日じゃなどと、武家を舐《な》めるにもほどがあろうぞ」

「いやいや、ですからこれは紛れもない新政府からのお達しで。ほれ、この通り天朝様の渙発《かんぱつ》なすった詔書もございます」

弥助の手から詔書の写しをひったくると、老婆は大きな文字をさらに遠目づかいに見ながら、ぶつぶつと声に出して読んだ。読むほどに、張りのある烈女の声はすぼみ、やがて空気の抜けたように、老婆は柿の木の根方に蹲《うずくま》ってしまった。

「薩長のやつばらは、とうとう日月星辰《じつげつせいしん》のうつろいすらも、わがものとしたか。無念じゃ」

老婆の気の毒な身の上は勘十郎から聞いている。ひとりにすればたちまち短刀で咽《のど》を突いてしまいそうな気がして、弥助はいよいよその場を去ることができなくなった。

「成瀬様は文部省を詮議するとおっしゃって出かけられました。必ずやこのような無茶は糺《ただ》して下さいますよ」

不格好な散切頭を撫《な》で上げて、弥助は柿の枝に礫《つぶて》を投げた。不逞《ふてい》な烏《からす》は怯む様子もなく、朽ち残った渋柿の実を啄《ついば》んでいる。

御徒士は七十俵五人扶持《ぶち》の小禄《しょうろく》ながら、将軍家の影身に寄り添う近侍である。かつては黒縮緬《ちりめん》無紋の御役《おやく》羽織を着て颯爽《さっそう》と町を歩けば、町人たちはみな行く手を開け、腰を屈めたものであった。

しかし今では行きかう人々も、旧弊の権化《ごんげ》を嗤《あざわら》うように勘十郎を見る。

広小路には凩《こがらし》が吹き抜け、晴れ上がった冬空はひょうひょうと鳴っていた。御家人たちから上地された屋敷跡は、とりあえず殖産のつもりの茶畑と桑畑になっている。

徳川の威信を感じさせるものはとにもかくにも壊さねば気がすまず、かといって更地に新しいものを築く知恵はない。いかにも新政府の薩摩人たちが考えついた、一面の茶と桑の畑であった。

人々の冷ややかな視線を浴びながら曠《あ》れ果てた町を歩くうちに、成瀬勘十郎の怒りは鎮《しず》まってしまった。

文部省は湯島の旧昌平黌《しょうへいこう》に仮庁舎を置いている。いずれは竹橋御門《たけばしごもん》前に西洋建築をこしらえて引越すという話だが、もとは一橋家の屋敷があったそのあたりは、いまだに茫々《ぼうぼう》たる更地である。要は大樹公の御実家である一橋の屋敷を、まっさきに壊さねばならなかっただけなのかもしれぬ。

気持ちが鎮まったおかげで、勘十郎はみちみち冷静に物を考えることができた。いくら怒りをぶつけたところで詮議にはならぬ。ここは科学者らしく理詰めに、突然の改暦がもたらす弊害を諄々《じゅんじゅん》と説かねばなるまい。

手順からすれば、思うところは建議書に認《したた》めるべきなのだろうが、いかんせん事は急を要している。すでに改暦の詔書は渙発せられ、その写本を持って商人たちが暮の掛け取りに回り始めているのだった。たとえ朝令暮改の譏《そし》りを受けようとも、改暦の議はせめて十分な日延べをさせねばならぬ。そうしなければ世に大混乱をきたす。

文部省の門前には、西洋軍服を着た薩摩人の番兵が立っていた。

「拙者、待命中の天文方出役、成瀬勘十郎と申す。こたびの改暦につき急用がござれば、日高与右衛門《ひだかよえもん》殿にお取次ねがいたい」

眼鏡の縁を人差指で押し上げ、勘十郎は知性のかけらもない番兵の髭面《ひげづら》を睨《にら》みつけた。

昌平黌の広間には舶来の絨毯《じゅうたん》が敷き詰められ、大きな円卓と椅子が置かれていた。

意外なことに、面会の報《しら》せを受けて広間に出てきたのは、かつての上司だけではなかった。いかにも来たるべき者が来たとでもいうふうに、新政府の高官がぞろりと卓を囲んで席についたのである。

「貴公のご学名はかねがね聞き及んでおります。本日は母校を訪ねたというふうには見えませぬが、何か火急の御用でも」

悠然とした薩摩訛《なま》りは、人を馬鹿にしているように聞こえた。勘十郎は高官たちには目もくれず、まるで通辞のようにかたわらに座る日高与右衛門に向き合った。

しばらく会わぬ間に髷《まげ》を落とし、洋服を着て口髭《くちひげ》まで蓄えたかつての上司を、勘十郎は醜いと思った。

「来たる明治六年の暦を編纂《へんさん》するにあたり、拙者に出役のお声がかからなかったわけが、ようようわかり申した。どのみち西洋暦に改めるのだから、いいかげんな暦でよかろうということでござるな」

いや、と与右衛門は官員たちの顔色を窺《うかが》った。

「そうではないよ、成瀬君。改暦は急な会議で決まったのです。西洋諸国との外交や交易に際し、日付がいちいち異なっていたのでは支障があるというわけで――」

「詭弁《きべん》を弄《ろう》されるな、日高様」

勘十郎は聞くだけでもむしずの走る即成の官員言葉を、きっぱりと拒んだ。

「西洋暦との誤差ならば、当面は外交官と貿易商だけが承知しておればよろしい。何ら事前の布告もなく、百姓町人に至るまで突然としてぐれごりお暦に改変せしめんとするは、それなりの理由があってのことでござろう」

円卓を囲む官員たちの表情がこわばった。みちみち考え続けてきたことは、やはり邪推ではなかったのだと勘十郎は確信した。

椅子の袖《そで》に立てかけていた刀を胸前に引き寄せ、柄頭《つかがしら》に両の掌《て》を置いて勘十郎は続けた。

「あくる明治六年は閏《うるう》六月がござるゆえ、一年は十三ヶ月、三百八十四日になり申す。昨年から官員の月給制度を施行しおる政府からすれば、改暦によって十三分の一という莫大《ばくだい》な俸給支出を削減することができるわけでござる。さらに、本年十二月二日を以て改暦に踏み切れば、たった二日しかない師走分の給与も節約でき、つごう二ヶ月分の官員給与を支払わずにすみ申す。上は大臣参議から下は御親兵、邏卒《らそつ》番兵に至るまでの、二ヶ月分の全給与でござる。これを以て逼迫《ひっぱく》せる国庫財政の困難を済《すく》わんとする、こたびの突然の改暦でござろう」

勘十郎は一座を睨《ね》め渡した。役人たちの中には首をかしげる者もいる。しかし床《とこ》を背にした上座の数人は、言葉にこそ出さぬが明らかに勘十郎の意思を肯《がえ》んじていた。

「のう、日高様――」

勘十郎は俯《うつむ》いてしまった日高与右衛門の洋服の肩に手を置いた。かつて幕府天文方でともに毎年の暦を作った上司を、責めるつもりはなかった。ましてや与右衛門は、わずかとはいえ勘十郎に待命禄が渡るよう、骨を折ってくれているのである。

しかし思うところを語るべき人物は、この際気心の知れた与右衛門しかいなかった。卓を囲む新政府の要人たちは、常識の通じぬ外国人と同じだった。

「おそらくこのお歴々の中にあって、暦算の専門は日高様おひとりでございましょう。暦は御公儀天文方の専業にて、旧藩の勝手に触れざるところなれば、この方々が暦算の法を知るとは思えませぬ」

つらい立場を証すかのように、与右衛門は洋服の背を丸めて肯《うなず》いた。

「ならば今すこし良識を弁《わきま》えなされませ。暦は百姓町人の暮らしの支えでござりまするぞ。百姓は暦に順《したご》うて田を植え、種を蒔《ま》き、村の祭をいたしまする。町人はやはり暦に順うて銭の収支を計りまする。その大切な暦を、かくも性急に改変せしむるとは、国民の国家に寄する信を裏切ることであると思われませぬのか」

上座で勘十郎をじっと見据えていた役人が、ふいに頬髯《ほおひげ》を撫で回しながら笑った。

「まあ、つまり――太陽暦が採用となれば、おぬしは待命どころか御役御免ということになるので、それはたまらぬというわけですな」

勘十郎はとたんに身を起こし、刀の鐺《こじり》で床を叩《たた》いた。

「何を申されるか。苟《いやし》くもそれがしは、暦を算ずる天下の公人でござる。民の暮らしを支えることのほかに、何の私心も利欲もござらぬ」

立ち上がりかける勘十郎の肩を、与右衛門が引きおろした。

「控えよ成瀬、無礼だぞ。こちらは文部卿《きょう》の大木《おおき》閣下だ」

大木喬任《たかとう》の名は知っている。しかしいかな御一新の功労者とはいえ、暦を知る者ではないと勘十郎は思った。

「いいや。無礼者はそこもとであろう。拙者、身分こそ七十俵五人扶持の御徒士《おかち》とは申せ、算え齢十八の出役よりこのかた、幕府天文方にて天下の暦を算じ奉って参った。算暦とは、天のものなる日月星辰《せいしん》の動きを、人のものとする聖なる業《わざ》じゃ。月齢に依る暦を旧弊と侮るならば、拙者は西洋暦についても蘭書を研究し、誰よりも知っておる」

「ほれみよ、それが本音だろう。西洋暦も知っておるから待命を解いて雇用せよということだな」

文部卿は強い口調で勘十郎の声を遮《さえぎ》った。言葉が勇んでしまった。西洋暦の知識を口にしたのはうかつだった。

しかし――勘十郎は気を鎮めながら考えた。

文部卿以下の大官が自分の来訪を知って集まったということは、成瀬勘十郎の誰たるかを知っているのである。おそらく彼らは国家財政を司《つかさど》る大蔵省の圧力で、強引に改暦を実行するほかはなかったのだ。内心は自分の知識を求めているのだろうと勘十郎は思った。

その証拠に、官員たちは勘十郎の非礼を諫《いさ》めようとはしない。暦算の第一人者の意見を聞きたいのである。一様に頬髯を生やした官員たちの表情に、勘十郎は新しい世界を造ろうとする真摯《しんし》な情熱を感じ取ったのだった。

「みなみなさまに申し上げまする」

勘十郎はいちど目を瞑《つむ》って息をつき、ひごろの物静かな学者の声で言った。

「こたびの改暦詔書に曰《いわ》く。蓋《けだ》シ太陽暦ハ太陽ノ纏度《てんど》ニ従テ月ヲ立ツ、日子多少ノ異アリト雖《いえ》トモ季候早晩ノ変ナク四歳毎《ごと》ニ一日ノ閏《じゅん》ヲ置キ、七千年ノ後僅《わずか》ニ一日ノ差ヲ生スルニ過キズ――この起草者はそこもとにござりまするな、日高様」

「いかにも」と、与右衛門は目を上げた。官員たちの自分に向けられる視線から、暦法の専門家は日高与右衛門のほかにはいないと、勘十郎は感じていたのだった。

「畏《おそ》れ多くも、詔書の謬《あやま》りを正し奉る。詔文中に『七千年ノ後僅ニ一日ノ差』とあるは、吉雄俊蔵《よしおしゅんぞう》先生の『遠西観象図説《えんせいかんしょう》』に拠《よ》るところでござりましょうが、それがしの計算では、およそ二千六百年に一日の誤差となり申す」

そのような僅《わず》かなちがいは、どうでも良いとは思う。しかし勘十郎は、天皇の名の許《もと》に渙発《かんぱつ》される詔書に、科学的な謬りのあることが許せなかった。

国家が権力であってはならない。国民の暮らしを安んずる機構こそが国家であると、勘十郎は信じていた。その目的だけが達成されるのであれば、天下は誰が動かそうとかまわない。

「天朝様は神ではござらぬ。しからばかような暦算の詳細も、ましてや百姓町人の暮らしぶりなども、おわかりになろうはずはござらぬ。今後、謬てる軍官の決議を天朝様の御名の許に公布せしむる愚を冒し続ければ、国家は滅びまする。西洋の法に準ずるは世の趨勢《すうせい》ではござるが、日本政府はあくまで固有なる日本人のために、政《まつりごと》を致さねばなり申さぬ。外交や交易、ましてや財政難を理由に突然の改暦をなさしめて国民を混乱に陥れるなど、いかにも小人の政にござる。伝家の宝刀をふるうがごとく詔書を渙発すれば、国民はそれに順うほかはなく、時に及んでは錦旗《きんき》の征《ゆ》くところ、甘んじて死にもいたしましょう。拙者、一個の科学者として——」

そうした世を見るに忍びぬ、と言おうとしたが、声にはならなかった。今さら無用の長物となってしまった和算と暦法の学問を究めたのは、科学者として人々の平安を希《ねが》うがゆえであった。

官員たちは何も答えてはくれず、ただ眼鏡の涙を拭《ぬぐ》う勘十郎を見つめていた。

成瀬勘十郎は文部省を辞去したその足で、柳原の古道具屋を訪《おとな》い、家伝の刀を売った。

「わからぬ。わからぬぞ近江屋。なにゆえ大の月が、一、三、五、七ときて、九とならずに十と十二になるのじゃ。毎年同じというのは都合がよいが、覚えられぬのでは仕様があるまい」

庭土に数字を書きながら、婆様《ばば》は首をかしげる。

旧来の暦では、毎年大の月と小の月がちがうから、暮になると滑稽《こっけい》な絵に歌や句を添えた摺物《すりもの》が出回って人々の話題になった。これからはそんな巷《ちまた》の風物もなくなるのだろう。

「ふむ。たしかに毎月の晦日《みそか》をたがえましたら、手前ども商人は上がったりでございますな」

たしかに都合はよい。しかし弥助には、毎年同じ大小の月になるというその都合のよさが、ひどくいいかげんなことに思えてならなかった。これまではまちまちであった一年が、すべて三百六十五日に定まり、四年にいちどだけ閏《うるう》の一日が二月に加わって三百六十六日になるという。都合がよいというより、お上が勝手にそう決めてしまったような気がする。

二人が雲を摑《つか》むような議論をかわしているうちに、勘十郎が帰ってきた。顔色が憔悴《しょうすい》しているのは、昏《く》れかかる日のせいばかりではあるまい。

「弥助、借金はいかほどになる」

重たげな巾着《きんちゃく》を懐から取り出すと、勘十郎はこともなげに言った。

「へい。今年の分は八円ばかりでございます」

「いや、そうではない。代々嵩《かさ》んでおる借金じゃ」

いよいよ新政府への出仕が決まり、仕度金が出たのだろうか。それにしては勘十郎の顔色は暗い。

「さようか。三十五円とは、またずいぶん迷惑をかけていたものだ」

紙縒《こより》で括《くく》った太政官札を不器用に数えて、勘十郎は大金を差し出した。

「なに、薩長の腐れ金ではない。二束三文かと思いきや、さすがは御拝領の二代康《やす》継《つぐ》じゃ。茎《なかご》には葵《あおい》の御紋付で、五十円にもなった」

「なんと、お腰物を売られたか」

婆が素頓狂《すっとんきょう》な声を上げた。まるで魂が脱けたように見えるのは、家伝の名刀を失ったせいなのだろうかと弥助は思った。

縁側に腰をおろして眼鏡をはずし、勘十郎は疲れた瞼《まぶた》を揉《も》んだ。

「のう、お婆様。勘十の願いを聞いては下さらぬか」

いったい何ごとであろうと、婆様はうろたえている。弥助は背を押して、婆を勘十郎の並びに座らせた。

「今さら何をと思われるであろうが、駿府に下ってはいただけぬか。道中は拙者がお伴《とも》いたすゆえ」

侍が魂を売り払っての決心である。婆様は溜息《ためいき》のほかに抗《あらが》おうとはしなかった。

「そなたも、駿河へと落つるか」

「いえ、お婆様をお送りしたなら、それがしは甲州に参ります。妻子とともに田畑を耕そうかと」

その場にいたたまれずに、弥助は縁先から座敷に上がると、火鉢の熾《おき》を吹いて茶を淹《い》れた。

ほの暗い屋敷をなにげなく見回す。父祖代々、将軍家の近侍を勤めた御徒士の家であった。貧しくも矜《ほこ》り高い侍たちは御徒町《おかちまち》の名のみを遺《のこ》して、みなこの地を去ってしまう。

「なにゆえのご変心かの」

「べつに理由はござらぬ。侍であることにいささか疲れ申した」

勘十郎は眼鏡をはずすと、背越しの敷居に置いた。

「一年が三百六十五日と定まり、大の月は、一、三、五、七……ああ、わからぬ」

力なく呟《つぶや》きながら、婆様は顔を被ってしまった。

真向から射し入る西陽が、縁先に座る二人を隈取《くまど》っていた。急須《きゅうす》を手にしたまま、弥助は御徒士屋敷の太い梁《はり》に囲われた二つの後ろ姿を見つめた。

「西向く士《さむらい》、というのはいかがでござるか。二、四、六、九、武士の士の字は十と一でござろう」

少し考えるふうをしてから、婆様は娘のようにころころと笑った。

「勘十はさすがにおつむがよいわ。なるほど、西向く侍か」

とっさの勘十郎の知恵に、弥助は舌を巻いた。この一言で人々は混乱から済《す》くわれる。太陽の暦の続く限り永遠に、人々は月の晦日をたがえることなく、しかも西方から来《き》たって天下をわがものとした薩長への恨みも、忘れることはあるまい。行く先々でこの文句は喧伝《けんでん》しよう。

「しかし他意はござらぬよ。拙者は薩長に敵《む》こうておるわけではなく、駿府のお仲間や甲州の妻子に向き合うているのでござる」

眼鏡をはずした成瀬様の目には、夕空を不吉に罅《ひび》割る柿の枝も、よくは見えてはいないのだろうと弥助は思った。

黒縮緬《ちりめん》無紋の御徒士羽織の肩をことさら聳《そび》やかして、成瀬勘十郎は赭々《あかあか》と昏《く》れゆく西空を見つめていた。

（中公文庫『新装版　五郎治殿御始末』に収録）

解説

末《すえ》國《くに》善《よし》己《み》（文芸評論家）

戦国時代の武士はフリーエージェント権を持つスポーツ選手に近く、俸禄《ほうろく》が低いなど主君に不満があれば浪人し、好条件を出す主君に仕えるのも珍しくなかった。だが戦国時代を終わらせた徳川家康《とくがわいえやす》は、実力主義が行き過ぎると世が乱れるとして、武家は長子相続を原則とし、君臣や長幼の序を重んじる朱子学を広め、武士に〝忠臣は二君に仕えず〟といった価値観を植え付けていった。それにより武士は、生まれた家の仕事を代々受け継ぎ、主君を変えない終身雇用のビジネスパーソンのようになっていった。

江戸時代は幕府も諸藩も軍事政権なので、緊急事態に備えて決められた兵を維持する必要があった。ただ戦乱はなく、実際に政治を動かすのは文官なので、多すぎる武官は財政を圧迫し、割り振る仕事も少ない。そのため現代のワークシェアリングのように、少ない仕事をローテーションしながら行うこともあったようである。

武家の長男に生まれれば父親の職業を継承し隠居まで俸禄がもらえるが、転職や昇給は難しく、体面を維持する金銭もかかる江戸時代の武士は、就業規則が厳しい現代の日本の組織で働いているのと変わらない。本書『忠義　武家小説傑作選』には、江戸時代の武士たちの活躍と悲哀を描いた作品をセレクトしたので、宮仕えの経験があれば必ず自分と重なる登場人物が見つかるのではないだろうか。

闕所《けっしょ》（財産没収刑）とされた者の財産の没収、売却を担当する闕所物奉行《けっしょものぶぎょう》、幕府の機密文書などの作成、管理を行う奥右筆《おくゆうひつ》など、時代小説では取り上げられることが少ない役職に着目したシリーズを発表している上田秀人《うえだひでと》の「小納戸の章」は、幕府の珍しい役職を小説と史実の解説で紹介する『武士の職分　江戸役人物語』の一編で、小納戸《こなんど》を主人公にしている。

将軍の側近くに仕え、日常生活のすべてを手助けするのが小納戸で、上田の〈お髷番承り候〉シリーズの主人公も小納戸御髪月代《おぐしさかやき》である。

後に幕政の中枢に座る柳沢吉保《やなぎさわよしやす》が、保明《やすあきら》の名で五代将軍綱吉《つなよし》の小納戸頭をしていた頃を舞台にしており、綱吉が起きてから寝るまで身の回りの雑多な世話をこなす小納戸の働きと、将軍の私生活が活写されていて興味が尽きない。

綱吉には実現したい政策があるが、幕政を動かしているのは官僚機構なので将軍の意見が通るとは限らない。保明は、上に立つ者の孤独に直面する綱吉を支えて出世した。気の休まらない激務の小納戸は将軍が働きを認めれば栄達できるが、失敗して降格させられる危険もある。小納戸を見ると、難しいが出世が望める仕事と、仕事とプライベートを両立させながら働くのでは、どちらがよいか考えてしまうのではないか。

朝井《あさい》まかて「一汁五菜」は、江戸城本丸膳所《ぜんどころ》の台所人《だいどころにん》を主人公にしている。代々の台所人の家に生まれ二十三歳で役につき十二年奉公している山口伊織《やまぐちいおり》は、御台所《みだいどころ》の料理を担当し、朋輩《ほうばい》から味見を頼まれるまでになっていた。父から大樹《たいじゅ》、御台所の料理を作る台所人は重職だと聞かされていた伊織だが、実際は四十俵扶持《ぶち》と役金十両の微禄で、毒を警戒して厳重な監視の中で料理をすることに忸怩《じくじ》たる想いを抱えている。

最高級の材料と調味料を使う台所人は余った食材を市中の料理屋に転売していて、上役は見て見ぬふりをしていた。また亀戸《かめいど》の料理屋で板前の裏稼ぎをする伊織は、親方の腕を見て考案した料理を御台所で作り、それにより高く評価されるようになった。働いた飲食店で余った料理をもらったり、（違法ではあるが）会社の備品を持ち帰ったりしたことは誰もが経験しているだろうし、政府が副業、兼業を促進しダブルワークを認める企業も増えているだけに、伊織の境遇は身近に感じられるはずだ。

後半になると、伊織が大奥がからむ陰謀に巻き込まれ、どのように監視の目をかいくぐって目的を実行するかが鍵《かぎ》になるので、大奥もの、ミステリとしても楽しめる。

青山文平《あおやまぶんぺい》「六代目中村庄蔵」は、役職のない小普請《こぶしん》から幕府の監察役・徒目付《かちめつけ》に抜擢《ばってき》された片岡直人《かたおかなおと》が、子供に身分が相続させられない一代御目見《おめみえ》（別名・半席）を脱し代々の旗本になるため上役に頼まれた奇妙な事件を調べる『半席』の一編である。

旗下は、合戦に備えて戦力になる家臣を揃えておく必要があった。だが小身の旗本は代々の家臣を抱える余裕がなく、口入屋《くちいれや》（人材派遣業）から一季奉公（一年契約）で農民などを雇っていた。

一季奉公を繰り返し二十年以上も大番組《おおばんぐみ》の高山《たかやま》家に仕えた茂平《もへい》は、躰《からだ》を壊して高山家を出るが困窮して戻ってくる。茂平は高山家に温かく迎え入れられたが、なぜか親切な主人の元信《もとのぶ》を殺してしまった。一年後は追い出されるかもしれない武家の一季奉公は適当に働く者も多かったが、茂平は熱心に働く忠義者だった。直人が明らかにする茂平の動機はミステリとしてクオリティが高く、ルーチンワークに追われ自分を交換可能な部品のように感じている読者は、身につまされるように思えた。

宇江佐真理《うえざまり》「死んだふり」は、盛岡《もりおか》藩士の下斗米秀之進《しもどまいひでのしん》（別名・相馬大作《そうまだいさく》）らが、長く藩同士に確執があった弘前《ひろさき》藩主・津軽寧親《つがるやすちか》の襲撃を計画した相馬大作事件をモデルにした『三日月が円くなるまで　小十郎始末記』の最終話である。

仙石《せんごく》藩士の正木庄左衛門《まさきしょうざえもん》は、長く不仲だった島北《しまきた》藩に面子を潰《つぶ》された主君の汚名を雪《そそ》ぐため江戸で暮らしていた。その助太刀《すけだち》を命じられ江戸に出た刑部小十郎《おさかべこじゅうろう》は、大家の娘に恋心を抱くなど市井の人たちとの交流を通して価値観を揺さぶられていた。本作は、決起するも捕縛された庄左衛門が獄門になり、一年以上の謹慎処分が解かれた小十郎が獄門になった小塚原《こつかっぱら》の刑場を訪ねるところから始まる。庄左衛門が『忠臣蔵』の赤穂《あこう》義士のように称賛される一方、生き残った小十郎は、長男でありながら父に他家へ養子に行くか出奔するかを迫られたり、持ち上がってきた別の事情により思わぬ役職を与えられたりする。学問も剣の腕も平凡な故に藩と父の命令に逆らえない小十郎に共感する読者は少なくないだろう。小十郎が等身大なだけに、友人がかけてくれるアドバイスのような一言を読むと、少し心が軽くなるのではないか。

江戸幕府が倒れた後の幕臣を描く浅田次郎《あさだじろう》「西を向く侍」は、三十日（二月は二十八日か二十九日）までしかない小の月を覚えるのに使われている「にしむくさむらい」（二月、四月、六月、九月、士を分解すると十と一になるとして十一月）の誕生秘話になっている。

御徒士《おかち》の身分ながら和算術と暦法を修め十八歳で家督を継ぐと幕府天文方《てんもんかた》から声がかかったほどの英才だった成瀬勘十郎《なるせかんじゅうろう》は、かつての上司の引きで新政府の文部省《もんぶしょう》天文局《てんもんきょく》への出仕が決まっていたが、五年も待機を命じられていた。明治維新で負け組になった幕臣の中には、箱館《はこだて》まで転戦しそのまま苛酷《かこく》な自然環境の北海道開拓に従事したり、慣れない商売に手を出して失敗したりした者もいたので、新政府に幕臣時代と同じ仕事で再就職できた勘十郎は成功したケースといえる。

正確な暦を作ることが職責と考えている勘十郎は、新政府が日本の暦を欧米が使っている太陽暦のグレゴリオ暦に変える詔書を出したと知る。太陽暦の採用は、庶民の生活を混乱させ、日本固有の文化を破壊し、何より勘十郎の仕事がなくなる。文部省への出仕が取り消される危険があるのに、勘十郎が詔書の中に科学的な誤りがあり、急速な太陽暦への変更が間違いであると上役に意見するクライマックスは、所属する組織の間違いを知った時に、不利益な取り扱いを受けるかもしれないが告発するか、長いものに巻かれるかを問い掛けており考えさせられる。勘十郎が小の月を覚え易くする「にしむくさむらい」を思い付く場面は、武士の、それだけでなく職業人の矜持《きょうじ》が詰め込まれているので胸を熱くしてくれる。

本書は文庫オリジナルです。

忠義《ちゅうぎ》

武家小説傑作選《ぶけしょうせつけっさくせん》

青山文平《あおやまぶんぺい》　朝井《あさい》まかて
浅田次郎《あさだじろう》　宇江佐真理《うえざまり》　上田秀人《うえだひでと》
末國善己《すえくによしみ》＝編

令和7年　3月25日　初版発行

発行者●山下直久

発行●株式会社KADOKAWA
〒102-8177　東京都千代田区富士見2-13-3
電話　0570-002-301（ナビダイヤル）

角川文庫 24587

印刷所●株式会社暁印刷
製本所●本間製本株式会社

表紙画●和田三造

●お問い合わせ
https://www.kadokawa.co.jp/（「お問い合わせ」へお進みください）
※内容によっては、お答えできない場合があります。
※サポートは日本国内のみとさせていただきます。
※Japanese text only

ISBN 978-4-04-115762-6　C0193

角川文庫発刊に際して

角川源義

第二次世界大戦の敗北は、軍事力の敗北であった以上に、私たちの若い文化力の敗退であった。私たちの文化が戦争に対して如何に無力であり、単なるあだ花に過ぎなかったかを、私たちは身を以て体験し痛感した。西洋近代文化の摂取にとって、明治以後八十年の歳月は決して短かすぎたとは言えない。にもかかわらず、近代文化の伝統を確立し、自由な批判と柔軟な良識に富む文化層として自らを形成することに私たちは失敗して来た。そしてこれは、各層への文化の普及滲透を任務とする出版人の責任でもあった。

一九四五年以来、私たちは再び振出しに戻り、第一歩から踏み出すことを余儀なくされた。これは大きな不幸ではあるが、反面、これまでの混沌・未熟・歪曲の中にあった我が国の文化に秩序と確たる基礎を齎らすためには絶好の機会でもある。角川書店は、このような祖国の文化的危機にあたり、微力をも顧みず再建の礎石たるべき抱負と決意とをもって出発したが、ここに創立以来の念願を果すべく角川文庫を発刊する。これまで刊行されたあらゆる全集叢書文庫類の長所と短所とを検討し、古今東西の不朽の典籍を、良心的編集のもとに、廉価に、そして書架にふさわしい美本として、多くのひとびとに提供しようとする。しかし私たちは徒らに百科全書的な知識のジレッタントを作ることを目的とせず、あくまで祖国の文化に秩序と再建への道を示し、この文庫を角川書店の栄ある事業として、今後永久に継続発展せしめ、学芸と教養との殿堂として大成せんことを期したい。多くの読書子の愛情ある忠言と支持とによって、この希望と抱負とを完遂せしめられんことを願う。

一九四九年五月三日